LA VILLE D'HIVER

DU MÊME AUTEUR

LES HEURES VOLÉES, roman. Mercure de France, 1981.

ARGENTINA, roman. Mercure de France, 1984.

ROMAIN GARY, biographie. Mercure de France, 1987. (Grand Prix de la biographie de l'Académie française.)

LES YEUX NOIRS OU LES VIES EXTRAORDINAIRES DES SŒURS HEREDIA, biographie. J.-Cl. Lattès, 1990.

MALIKA, roman. Mercure de France, 1992. (Prix Interallié.)

GALA, biographie. Flammarion, 1995.

STEFAN ZWEIG, L'AMI BLESSÉ, biographie. Plon, 1996.

LE MANUSCRIT DE PORT-ÉBÈNE, *roman*, Grasset, 1998. (Prix Renaudot.)

BERTHE MORISOT. LE SECRET DE LA FEMME EN NOIR, biographie. Grasset, 2000. (Bourse Goncourt de la biographie.)

IL N'Y A QU'UN AMOUR, biographie. Grasset, 2003.

DOMINIQUE BONA

LA VILLE D'HIVER

roman

BERNARD GRASSET
PARIS

« Je comprends maintenant qu'aucun de nous ne peut être jugé sur ce qu'enfanta le passé. C'est la ville qui doit être jugée ; mais, c'est nous, ses enfants, qui devons payer le prix. »

Lawrence DURRELL.

Du balcon, elle regardait le palmier et au loin, l'ombre violette des dunes. Tout autour, invisible dans la nuit, s'étendait la ville morte.

En se penchant, elle aurait pu apercevoir la mer. Un petit bout de mer, entre le belvédère et les fûts sombres des cyprès. Mais elle ne bougeait pas. Incapable de détacher son regard du bel arbre à l'allure de gardien de phare, que la lune éclairait comme un projecteur, elle laissait le froid l'envahir. Le calme et le silence, si inhabituels à ses sens de citadine, l'enveloppaient entièrement. Un mouvement lui aurait paru offenser le paysage, troubler le mirage d'un bonheur parfait. L'air avait un parfum de citron ; il lui donnait envie de le boire.

Ce palmier qui la fascinait, dont l'ombre généreuse évoquait l'été, la sieste et les hamacs, il lui semblait l'avoir toujours connu. Ses palmes retombaient jusqu'à terre en de grands bras protecteurs. A lui seul il était un monde : il lui parlait du Sud. Un Sud sans frontières hostiles, où le Maroc, les plages de Cadaquès et les îles de la Méditerranée composaient son paradis terrestre. Après des années, elle le retrouvait intact dans cet hiver nocturne. L'arbre familier, presque familial, réveillait l'odeur acide et tenace de son enfance.

Pas un bruit ne montait vers elle, pas un frisson de vent. La nuit se retirait, le matin se levait. Attirée par le demi-jour qui créait dans la chambre, à travers les voilages, une atmosphère irréelle et changeante, elle était venue jeter un coup d'œil au jardin. Et c'étaient des images incendiées de soleil qu'elle voyait surgir, ramenées de très loin, d'une autre nuit et d'un autre décor vide, tout semblable à ce jardin désert.

I

La maison, vaste comme une cathédrale, n'était pas la sienne. On la lui avait prêtée. C'était une folie de la Belle Epoque, classée monument historique comme toutes celles qui l'entouraient – une centaine de villas baroques quand elles n'étaient pas insensées. Avec un immense toit d'ardoises à bordures crénelées, des balcons à balustres et un porche d'entrée si large, si haut qu'il aurait pu accueillir toute une caravane, elle s'insérait dans un ensemble uniformément fin de siècle, telle la pièce d'un gigantesque puzzle. L'architecte qui l'avait dessinée, ennemi des formes simples, avait laissé libre cours à son imagination et abusé des ornements qui plaisaient sous Napoléon III. Des gargouilles, dignes de Notre-Dame de Paris, décoraient les gouttières.

Sarah, si on ne la lui avait proposée, ne

l'aurait sûrement pas choisie. Elle aurait même pu détester son genre kitsch et prétentieux. Ou craindre de se sentir perdue, sous ses plafonds trop hauts. Au lieu de quoi, surprise de sa propre réaction, elle s'était laissé séduire. La maison n'était pas seulement extravagante par ses proportions. Elle dégageait une force : on la sentait solide autour de soi. Sombre et solide.

Louée l'été à des familles bordelaises, on la fermait l'hiver pour éviter de la chauffer. L'amie de Sarah, qui en était propriétaire, n'y venait plus du tout : la mort de sa fille, les souvenirs qui s'y attachaient, l'en tenaient éloignée. Aussi la maison gardait-elle cet air de renfermé qu'ont toutes les demeures abandonnées. Climat de serre ou de musée.

Sarah la découvrit d'abord avec curiosité, à la manière dont un touriste visite un site du temps passé. Mais, très vite, le sentiment d'une intimité croissante s'était imposé, lui donnant l'illusion d'y avoir déjà habité. Au bout de quelques pas, Sarah n'était déjà plus une intruse. Quoique rien ne semblât correspondre à sa culture ni à sa personnalité, elle s'en laissait convaincre : la maison l'attendait comme après une longue absence.

D'épais rideaux de velours bloquaient l'ouverture des fenêtres. On se déplaçait à la clarté artificielle des lampes, tâtonnant à la recherche des interrupteurs, s'avançant timidement dans un silence d'église. Dans le grand salon, aux canapés en damas rouge, aux meubles en laque noire, le faste atteignait des sommets – un faste d'inspiration orientale qui dénotait elle ne savait quelles influences, de Venise ou de Balbek.

Resserrée sur son espace clos, la maison dédaignait le panorama. Si la chambre à l'étage bénéficiait d'une trouée vers la mer, on y était partout prisonnier du somptueux décor où se reflétait la fortune d'un nabab. Sarah, ne souffrant pas de claustrophobie, se promenait, admirative et déjà conquise.

Une température tropicale régnait à tous les étages, surchauffés par des monstres en fonte dont on avait relancé la machinerie en prévision de sa venue. Ces antiquités, évidemment dépourvues de thermostats et donc rebelles à la nuance, témoignaient du modernisme et de l'idéal de confort des habitants de la villa : à une époque où la plupart des gens ne connaissaient que les draps humides, dans des lits rendus à peine tièdes par des braseros, la chaleur avait été leur plus grand luxe. Sarah, qui avait redouté d'arriver dans une maison glacée, s'étonnait de la fournaise qu'abritaient ces murs à lambris. Seule la cage d'escalier, avec son envolée de marches qui conduisait au toit, rappelait des latitudes contrastées. Il y faisait même froid. Pour aller d'un étage à l'autre, Sarah gardait son manteau.

La température extérieure n'en paraissait que plus clémente. Une douceur délicieuse empêchait de croire à l'hiver.

Sur les hauteurs d'Arcachon, érigée au milieu des pins, la Ville devait son nom à cet hiver étrange. Conçue tout entière à l'ère industrielle, c'était une lubie des frères Pereire qui en avaient dessiné les plans et ordonné la topographie jusqu'aux moindres détails. Par son site comme par son architecture, noyée dans la verdure, elle formait une sorte d'îlot. Et en effet, dès l'origine, elle s'était définie par un complet isolement. Cette ville où la saison la plus rude est réputée ne pas l'être, bâtie de toutes pièces sur une colline inhospitalière et battue par les vents, tenait sa fortune et son prestige d'une maladie terrifiante, particulièrement contagieuse. C'était pour une population de tuberculeux qu'on l'avait construite : on venait soigner ses poumons dans les belles villas des Pereire et de la Compagnie du Midi. La médecine et les affaires y avaient également prospéré, bien plus que la santé des pulmonaires, auxquels on promettait le miracle de l'air de l'océan. Un miracle hasardeux. Associé aux effluves balsamiques des pins, l'air marin pouvait au mieux les tonifier ou les revigorer, mais jusqu'à la découverte du bacille de Koch, les tuberculeux demeuraient des incurables – leur sort était joué. Aussi la Ville, liée à leurs derniers espoirs, gardait-elle un parfum morbide. Il semblait à Sarah qu'elle respirait au diapason de ces anciens malades, qui avaient vécu ici, coupés du monde, en quarantaine forcée dans le plus doux des hivers.

Avant que la vogue de la montagne ne vienne la détrôner, au début du siècle suivant, elle avait été une cité-sanatorium. Transformées aujourd'hui en résidences d'été et prisées des bonnes familles bordelaises, les maisons cossues qu'entouraient de magnifiques parcs à l'anglaise, voulaient oublier leur passé. Mais de l'Empire et de la Belle Epoque des traces restaient visibles : au-delà de l'architecture, s'imposaient encore aux yeux comme de la poudre d'or des restes de son luxe et de ses privilèges.

De la Ville d'Hiver, on dominait le monde. On habitait en haut, à l'écart de la foule qui s'agitait en contrebas. Les rues tortueuses déjouaient les vents de la mer ; les arbres centenaires retenaient le sable des dunes. On y vivait à l'ombre, quand le soleil brillait sur la côte. Les gens disaient que la Ville, l'hiver, était un tombeau.

Pour Sarah, cette lumière entre deux ciels, filtrée par les branches et par les nuages, l'avait le plus charmée à son arrivée. C'était ce qu'elle cherchait, le calme et le silence. Le soudain apaisement des nerfs. Son corps en ressentait l'étrange caresse. Ce soi-disant tombeau était pour elle un refuge providentiel.

L'un des fleurons de la Ville d'Hiver, la maison – « sa » maison, pour quelques jours – portait un nom, ou plutôt un prénom, gravé à son fronton dans la pierre : elle s'appelait Teresa.

La villa Teresa.

Sarah s'interrogea aussitôt : qui cette dédicataire inconnue avait-elle pu être ? L'une des reines, peut-être, de la bizarre oasis où elle venait de débarquer avec ses valises. Une reine exotique, en tout cas, à en croire la voyelle finale qui chantait un air d'Espagne ou d'Italie.

Ainsi, dès les premiers jours, une femme avait habité là... Une femme qui, comme Sarah, avait pu être heureuse ou malheureuse et connaître le désamour. La richesse du décor, qui évoquait la famille d'un ambassadeur ou d'un magnat des affaires, c'était peut-être elle qui l'avait choisie, transformant la villa des promoteurs en un luxueux cocon.

Sarah aurait aimé pouvoir lui donner un visage et une silhouette. Savoir qui était la première maîtresse de la maison dont elle prenait possession.

En peignoir jusqu'au déjeuner, elle était désormais chez elle. Elle prolongeait le moment du bain, savourait son café sans consulter sa montre, et traînait d'une pièce à l'autre en regardant les beaux objets. Comme si les murs la protégeaient du temps, elle pouvait enfin s'accorder quelques jours entre parenthèses : pas d'horaires ni d'obligations. Personne ne comptait sur elle ni ne l'attendait où que ce soit. Aussi voulait-elle profiter de ces heures creuses, de ces jours, de ces nuits sans emploi. Elle se laissait flotter. Il lui arrivait, le matin, de s'endormir dans le bain.

Par tous ses choix, bons et mauvais, Sarah s'était fait une vie sans attaches. Elle n'avait pas d'enfant et pas de compagnon. Du moins elle n'en avait plus. Une rupture récente l'avait rendue malgré elle à la liberté dont elle aurait pu tout haut vanter les mérites mais dont elle connaissait depuis longtemps les contreparties : la solitude et la mélancolie. Un photographe qui travaillait pour l'une des agences qu'employait son journal l'avait laissée tomber après une liaison aussi passionnée qu'éphémère, fondée sur des plaisirs trompeurs. Plus jeune qu'elle – beaucoup trop jeune –, il était retourné aux corps des jeunes filles qu'il traquait sans trêve. Sarah n'avait pas essayé de le retenir. Vincent – c'était son nom – n'avait été qu'un homme de plus. Ou de moins. Il avait pallié brièvement les soirées vides, le lit trop grand, et prêté sa chaude sensualité à une existence surtout consacrée au travail, aux voyages et à l'art. Elle l'avait vu s'éloigner sans tristesse. Tout juste avec le regret de devoir renoncer à ses bras, à ses étreintes, et de se retrouver seule, le soir, sans rires ni caresses.

Aussi était-elle là sans escorte, venue passer des vacances impromptues, en plein mois de février. Un congé qu'elle n'avait pas du tout désiré. On le lui avait imposé. C'étaient des vacances à contrecœur. *Regards*, la revue d'art dont elle était rédactrice, ayant été rachetée par un important groupe de presse anglais qui avait tenu à lui donner une nouvelle direction et de nouvelles plumes, continuerait sans elle. Après quinze années de loyaux services, il lui fallait s'en détacher. Cette rupture avec le journal lui avait été plus rude et plus éprouvante que la séparation amoureuse, mais s'ajoutait à elle pour lui faire prendre conscience d'un grand vide. Les vacances... Cette étiquette flatteuse servait à cacher la vraie vacance dont elle souffrait, si profonde qu'elle lui donnait le vertige jusqu'à la réveiller en pleine nuit, avec la sensation de tomber dans un puits noir.

A son amie qui craignait de lui prêter une maison trop grande, elle avait dû mentir et prétexter qu'elle serait accompagnée ; l'amie avait paru rassurée. Sarah avait besoin de quitter Paris, de changer d'horizon. Plus rien ici n'aurait dû lui rappeler sa vie.

Elle déjeunait tard. A l'heure espagnole, pour ainsi dire – l'heure à laquelle d'ordinaire prenaient fin ses repas d'affaires. Bien qu'elle ait été jusqu'à ce jour une femme très occupée, son désœuvrement ne lui pesait pas : elle en goûtait le charme insolite. Il y avait dans toute la maison un calme royal. Comme un petit morceau d'éternité.

Installée dans la cuisine, à la table de famille, elle prenait son repas en pensant aux gens qui avaient dû s'asseoir là avant elle. A une époque où l'on séparait les étages entre maîtres et serviteurs, les hôtes de la maison – et sans doute la mystérieuse Teresa – se tenaient au premier, où se succédaient les pièces de réception. Le rez-de-chaussée, aux configurations de demi-sous-sol, était dévolu au service : office, cuisine, buanderie, cellier, garde-manger, cave. On ne pouvait pas s'y tromper. C'étaient bien « les communs » – une expression de l'Ancien Régime. Carrelage au sol au lieu du parquet de chêne, simples chaises paillées. Une immense cuisinière d'autrefois portait la trace noircie des innombrables plats qui y avaient mijoté et on aurait pu rôtir un agneau entier dans l'âtre. Par paresse, Sarah s'accommodait de pâtes, de fromages et de fruits, nourriture rustique qu'elle accompagnait de bordeaux blanc – son seul péché sous ce toit. Dès que l'eau des pâtes commençait à bouillir, la buée collait aux vitres. Impossible d'ouvrir la fenêtre. Elle déjeunait dans un sauna.

En remontant à l'étage, le salon d'apparat paraissait lumineux et froid. Comme s'il y avait un lien historique entre les pièces, une espèce de vocation répartie entre elles depuis la construction, il fallait s'adapter aux usages de la maison. De même que la température changeait au gré des étages, le haut et le bas avaient été habités de façon différente. Au confort quotidien et efficace de la base s'ajoutaient le luxe du premier puis l'intimité des chambres. La villa Teresa était une juxtaposition d'univers, auxquels le maître (ou la maîtresse) d'œuvre avait légué son style. A la recherche d'un équilibre, Sarah ne le trouvait qu'en suivant, d'une pièce à l'autre, les états successifs d'une mystérieuse alchimie.

La journée commençait au milieu de l'après-midi, quand elle allait voir la mer.

Les rues de la Ville, pour la plupart en pente et dépourvues d'angles droits, serpentaient entre des parcs. Les malades auxquels on avait pourtant destiné ce travail d'urbanisme n'avaient jamais dû pouvoir s'aventurer sur les pavés disjoints qui rythmaient leurs méandres. Perversité des bâtisseurs ou machiavélisme des médecins, le plan compliqué, sinusoïdal, de la Ville, avec ses nombreuses déclivités, les condamnait au repos : faute de poumons en bon état et d'énergie vitale, ils ne pouvaient prendre l'air qu'à leurs balcons, couchés sous des couvertures.

Ces rues portaient des noms de notables du Second Empire disparus des annuaires, écrivains, peintres ou hommes d'Etat. Les villas, elles, des noms de familles autrefois connues, comme Halévy, Morand ou Brémontier; les ventes successives n'avaient pas effacé la marque des premiers propriétaires. La plupart étaient baptisées de prénoms de femmes, comme la sienne. C'étaient des prénoms d'un autre âge, que plus personne ne donne aujourd'hui : Graciosa, Antonine, Eugénie ou Léonie, Valentine, Stella, Aurora... Il y en avait pour tous les goûts. Teresa en devenait presque classique.

Sarah jouait entre elles au jeu des préférences. Il lui était difficile de choisir : elles avaient chacune du caractère, chacune sa personnalité. La villa Mozart ressemblait à un chalet de Salzbourg, avec des volets et des balcons de bois peint. La villa Stella, dotée d'une tour semblable à un observatoire d'astronomie, rivalisait de hauteur avec la cime des pins géants qui l'entouraient. Antonina possédait un dôme de mosquée entièrement vitré, ouvert à 360° sur le panorama. Le balcon de la villa Graciosa s'enroulait autour d'elle comme un ruban de dentelle. Ici une véranda en proue de navire. Là des flèches gothiques, au-dessus d'une toiture de château médiéval.

Malgré les charpentes et les murs de pierre, on aurait pu se croire dans un décor de cinéma. Ce qui frappait sur le site, en contradiction avec l'artifice de ces constructions, c'était partout la végétation luxuriante qui les encerclait. Imbriquées dans les pins, parmi lesquels d'autres espèces ajoutaient leur ramure, elles jaillissaient de la forêt. Il semblait qu'elles devaient naître et mourir en elle.

Un tronc sec et noueux traversait l'une d'elles : pour ne pas abattre l'arbre, les propriétaires avaient découpé un cercle dans la pierre. La maison enlaçait le pin.

Sarah voulait profiter des derniers rayons de

lumière. S'échapper de cette forêt étouffante pour retrouver d'autres perspectives. A quelques pas de l'arbre prisonnier, elle déboucha sur une passerelle de fer – un ouvrage à la Gustave Eiffel – qui surplombait une route, largement fréquentée, où les véhicules circulaient à toute vitesse : par là, on franchissait la vallée. Plus loin, un funiculaire permettait autrefois de relier les deux cités, la haute et la basse, en quelques minutes, mais ne supprimait pas la frontière, presque palpable, qui les séparait. Celle du haut, crépusculaire et silencieuse, avec ses avenues désertes et ses maisons aux volets clos, avait une allure de nécropole. Celle du bas, qui exerçait sur Sarah l'attrait de la mer, paraissait lointaine, inaccessible : c'était le monde des vivants.

En passant de l'une à l'autre, on ne franchissait pas seulement un obstacle géographique, on ne se contentait pas de monter ou de descendre la pente d'une colline escarpée, on avait l'impression de traverser le temps. En haut, côté ciel, le passé avait élu domicile avec ses fantômes, tandis qu'en bas le présent se déchaînait, tout près de l'océan. « J'avais oublié que je ne suis pas toute seule sur terre », pensa Sarah en apercevant d'en haut le trafic des voitures et les innombrables enseignes des boutiques et des restaurants.

Il fallait gagner la ville basse par un autre moyen que ce vieux funiculaire, réduit à l'état d'épave. Parvenue en bas, Sarah eut un accès soudain de nostalgie. Comparé au front de mer, qui gardait hors saison une part de ses activités, la Ville d'Hiver lui parut un havre. Endormie, isolée comme le château des rêves, dans ces contes où tout est mirage et menace de disparaître, à l'image d'une ville d'Ys.

Sur le boulevard qui longe la plage, la mer, décidément grise, lui parut à marée basse tout aussi inaccessible que vue du balcon de la chambre. De « ma » chambre, avait-elle pensé. Elle se mêla aux promeneurs, déambula pieds nus sur le sable et dîna de coquillages.

Des désagréments survinrent dès le lendemain, pour nuire à l'extase de son arrivée. Incidents sans gravité, ils n'affectèrent d'abord que les choses autour d'elle. Une bouteille de gaz à changer, une fuite d'eau sous l'évier de la cuisine, une poignée de porte qui lui resta dans la main, et le bois trop vert qui refusa de prendre dans la cheminée de la chambre… Ce n'étaient là, à première vue, que les soucis propres aux maisons louées, où le matériel se détériore inévitablement, dans l'indifférence générale. Sarah avait remplacé la bouteille de gaz, appelé un plombier, rafistolé la poignée avec un bout de ficelle, acheté dans une station-service des bûches bien sèches et ramassé des pommes de pin qui grésillaient au feu et embaumaient. Le soir, allongée sur son lit, elle regardait les flammes en savourant ce privilège : n'avoir rien à faire, quand tout semble autour de soi apaisé et en ordre, laisser le vide s'installer en soi.

La Ville l'encerclait.

Ne menant nulle part, sauf au pont de fer et au funiculaire, passages obligés pour quitter la dune, il n'y avait pas d'issue à proprement parler. A moins de rejoindre la ville basse, on était prisonnier d'un labyrinthe. Tout en ayant l'impression de s'égarer dans ses allées sinueuses, quand on la parcourait, on revenait vite au point de départ ; en fait on tournait en rond. Par sa topographie, elle évoquait irrésistiblement un serpent, lové sur un rocher. Pour Sarah, c'était là plus qu'une image. A la tombée du soir, elle ne cessait d'y penser. La forme habitait ses rêves.

Il n'était pas impossible que, dans la douceur humide du climat, réfugiés dans les abris des jardins ou dans les caves, des ophidiens aient élu domicile. D'autant que personne, l'hiver, ne les dérangeait. Ils pouvaient pondre leurs œufs et pratiquer la sieste – un art pour lequel Sarah avait la plus grande attirance. Couleuvres ou vipères, qui provoquent en général la panique, lui étaient plutôt sympathiques. Et s'il y avait un python dans la cave, il la débarrasserait des souris – un animal bien plus effrayant.

L'incroyable force d'inertie à laquelle elle s'abandonnait ces derniers jours et qui l'étonnait, devait être une étape dans une vie jusque-là très active qu'un décret brutal avait interrompue. Après tant d'années consacrées à un métier qu'elle aimait, dont elle s'était tout à coup sentie dépossédée, elle avait besoin d'un temps de récupération. Passée brutalement du surmenage au farniente, il faudrait bien qu'elle se mette à réfléchir au lendemain. Mais elle n'en avait pas envie. Pas maintenant. Elle préférait rester en suspens. Arrêter le temps et s'abandonner à ce climat étrange.

Dans la nuit, une musique assourdie, quoique parfaitement audible, lui parvint. Jaillie d'une source émettrice incertaine, poste de radio ou de télévision, ce devait être la rediffusion tardive d'un programme musical chez des voisins. Pour la première fois, Sarah captait ici l'écho d'une autre vie que la sienne. Attentive, vaguement inquiète, elle écoutait comme au concert. La mélodie lui était familière. Sa mémoire lui jouant des tours, elle aurait passé en revue tous les compositeurs du monde si, sur le signal d'un invisible chef d'orchestre, une voix de femme, d'une clarté limpide, n'avait attaqué un air célèbre d'*Aïda*.

Sans être du tout mélomane et n'ayant ni l'oreille experte ni la culture des amoureux de bel canto, Sarah savait qu'elle ne se trompait pas : elle connaissait cet air, pour l'avoir entendu chanter cent fois. Non pas à l'Opéra mais dans un tout autre décor : sur un bateau, balancé sur les vagues d'une mer très calme... La chambre tanguait, tandis que la voix, tragique, modulait des mots d'amour. Elle célébrait des collines et des sources, des forêts perdues de l'enfance et des temples dorés. Aïda ramenait Sarah au cœur de sa propre histoire. Qu'elle se déroulât sous Pharaon, à l'époque d'une antique guerre contre l'Ethiopie, n'y pouvait rien changer. Le chant sensuel de l'esclave avec ses accents désespérés gardait pour elle une force d'invocation particulière.

Dans le silence où crépitaient les dernières bûches, il lui parut retentir non pas plus fort, mais – ce fut pour elle une évidence – plus près, comme si on chantait de plus en plus près. L'hypothèse, absurde, lui fit soudain très peur : descendue ou montée d'un étage, peut-être du grenier, au lieu de la scène d'un théâtre, Aïda se trouvait maintenant derrière la porte.

« C'est incroyable… murmura-t-elle, fixant avec anxiété la poignée. On dirait que quelqu'un est là. »

Pour la première fois, elle regretta la présence de Vincent. Même endormi à ses côtés, le corps d'un homme l'aurait rassurée.

Les sens en alerte, elle guettait, tout en luttant pour se raisonner. C'est alors qu'elle identifia la voix.

C'était bien Maria Callas qui chantait *Aïda*, on ne pouvait la confondre avec aucune autre. L'enregistrement devait être ancien : le grincement d'un vieux microsillon en 33 tours polluait le chant. Tendu à se rompre, évoquant un supplice, la plainte d'Aïda gagnait les sommets sur la gamme des notes. Tel un cri qui aurait été beau. Sarah frissonna.

Les maisons voisines, distantes de plusieurs centaines de mètres, séparées de la sienne par des parcs touffus, lui avaient paru fermées. De part et d'autre, les persiennes étaient closes et elle n'avait pas depuis hier croisé le moindre habitant. Se pouvait-il que quelqu'un y vécût secrètement, la nuit ? Cela lui parut d'autant moins probable que la voix, déclinant peu à peu, comme si elle s'apprêtait à disparaître, se maintenait à proximité.

Comment dominer, à ce moment-là, sa détresse, sans pouvoir la partager avec un compagnon, fût-il de fortune ? Aïda réveillait un souvenir douloureux que Sarah tenait depuis toujours à distance. Il revenait la prendre par surprise dans ce chant amoureux. Trop de douceur en lui. Il valait mieux dormir. Près de Vincent, elle aurait pu plonger dans un sommeil sans rêves. S'efforçant de se convaincre qu'en effet la voix et la musique devaient provenir du dehors, Sarah ne cherchait pas d'autre cause à l'angoisse qu'elle éprouvait. Cette peine troublée d'un infini regret. Elle se le répétait comme on rassure un enfant : la voix, si elle était bien celle de la

Callas, prenait sa source ailleurs. Au moins n'était-elle pas entièrement imaginaire. Elle appartenait à la nuit.

Modeste en comparaison du parc qui le prolongeait et se confondait ensuite avec les ramures des autres terrains, le jardin abritait des espèces exotiques : outre le palmier, un eucalyptus, deux citronniers et des agapanthes, ces fleurs bleues qui éclosent au bout de longues tiges nues. C'était un jardin de médina, laissé à l'abandon. Les premiers occupants de la villa, désireux de créer autour d'eux l'illusion des tropiques, s'étaient lancé un défi. Ils avaient dû importer de la terre grasse sur cette colline de sable, fouettée par les vents mauvais, ainsi que des semences capables de s'adapter sous ces latitudes. Pour repousser la forêt aux limites des voisins, ils avaient arraché des pins, seule espèce locale, au profit de celles qu'ils avaient fait venir de pays lointains. Cet acte était sacrilège, les médecins recommandant en effet le baume des pins maritimes à leurs patients. Protégés des regards indiscrets par la bâtisse même, conçue comme une barrière sur la rue et qui n'étirait ses balcons que du côté de la mer

– du côté exotique et sacrilège –, ils n'avaient dû supporter l'exil que grâce au subterfuge de leur oasis. Elle les consolait de la pluie, du ciel gris, de l'isolement forcé et plus que tout, sans nul doute, du spectre de la maladie qui hantait la ville.

Passée de main en main, jusqu'à celles de cette amie qui avait connu là son plus grand chagrin – sa fille s'était tuée un été en revenant d'une boîte de nuit d'Arcachon –, la maison avait traversé les siècles sans changer. Sarah s'en rendit compte en observant une vieille gravure, exposée dans le vestibule. On pouvait facilement la dater vers 1900, à cause de la présence de deux servantes, en longues robes noires et tabliers blancs, coiffées de bonnets de dentelle. Elles posaient sous le porche, sur le perron, à la place même où Sarah se tenait aujourd'hui. Rien, à part les costumes, n'était différent. Ouverte largement sur le jardin secret, surmontée de balcons à balustres et au premier, d'une terrasse sur laquelle on pouvait tirer un velum, la façade comptait le même nombre de fenêtres, les mêmes corniches, les mêmes gargouilles à têtes de satyres.

Sans doute les deux femmes fixaient-elles l'objectif d'un photographe : la tête couverte d'un chiffon noir, il devait leur ordonner de garder la pose. Sarah s'était elle aussi immobilisée. Ce qui la retenait sur le seuil, c'était un parfum spécifique. Mélange de fleurs et de senteurs marines, qu'elle aurait voulu mieux saisir.

La bibliothèque couvrait les murs d'une vaste pièce sans fenêtres, contiguë au salon. Elle contenait un si grand nombre d'étagères qu'il fallait utiliser une échelle pour atteindre celles du haut. Des reliures de cuir voisinaient avec des éditions ordinaires ; les livres de poche chevauchaient des Pléiades et des dictionnaires sans aucun souci de classement. Les classiques étaient éparpillés au milieu de traités médicaux ou philosophiques, d'ouvrages d'art et de science. A condition d'avoir la main heureuse, on devait pouvoir trouver tout ce qu'on y cherchait : Victor Hugo et la série noire, Kipling et des guides de voyage, de la Terre de Feu à l'Alaska, peut-être même des recettes de cuisine. Sarah, surprise de cet éclectisme, essayait de dénicher parmi les titres entassés pêle-mêle des ouvrages sur la région.

A rassembler tant de volumes de genres et d'époques divers, il est probable que la bibliothèque s'était constituée sur plusieurs générations. A moins que son fondateur, par amour des livres, n'ait lui-même fixé son caractère en plaçant ce confus assemblage, qui englobait en vrac tous les domaines de la pensée et de la vie et n'excluait aucune spécialité sans en choisir aucune, sous le signe de l'ouverture et de l'inachèvement.

Sarah nota au passage que les auteurs anglo-saxons étaient les plus nombreux. Eparpillés dans l'ensemble de la bibliothèque, on ne les remarquait pas d'abord. Mais très vite, avec un peu d'attention, ce trait s'imposait : c'était, pour les deux tiers environ, une bibliothèque anglaise. Les titres français eux-mêmes, à l'exclusion des inévitables classiques, avaient un lien avec le monde d'outre-Manche, soit par une traduction, soit par une étude d'un sujet propre à l'Angleterre. La famille de l'amie qui lui prêtait la maison n'ayant, à ce qu'elle en savait, de racines qu'en Gironde, Sarah en conclut que tous ces livres étaient arrivés là avant elle, cédés sans doute avec les murs, de même que les meubles. Il faudrait qu'elle l'interroge.

Elle considéra avec curiosité, au milieu de la pièce, un bureau plat en bois d'ébène ou qui en avait la couleur, dont les pieds courbes se terminaient en griffes de lion : d'un style anglo-indien qu'elle connaissait bien, pour avoir visité les Indes et aussi Lisbonne, où il rivalisait chez les antiquaires avec le style Maria-Luisa. Les Portugais qui rapportaient autrefois ces trophées de leurs colonies en avaient gardé le goût, probablement un regret de leur Empire perdu.

Sur Arcachon, il y avait peu de choses. Aucun ouvrage ancien, en tout cas. C'étaient des publications récentes si on les comparait aux couvertures empoussiérées et jaunies de la plupart des autres ; elles ne dataient que d'une dizaine d'années. Guides bleu ou vert, réseaux routiers, cartes départementales, mais aussi ouvrages touristiques détaillés sur le Bassin, la culture des huîtres, ou le pin des Landes : elle tomba pour ainsi dire dessus avec soulagement. Par exception, ils étaient réunis sur une des étagères du bas, où ils formaient un groupe solidaire. Elle les recueillit et les posa en pile sur le bureau pour les lire dans la soirée.

Depuis qu'elle vivait dans cet univers qu'elle n'avait pas choisi, tout l'étonnait. Tout l'inspirait. La ville et la maison, la cuisine en sous-sol, la chambre démesurée, la cage d'escalier, les cheminées (chacune en marbre noir, ce qui l'avait frappée), elle en avait tout adopté. Même la pompe et la richesse – le contraste des dorures avec le noir du marbre. Ni gênée, ni écrasée, ni intimidée, elle était transportée d'aise, conquise malgré elle par cet univers à la fois arrogant, désuet et secret.

Les traces laissées par les notables qui avaient habité là, l'émouvaient. Sarah aimait les vieux livres, les vieux rideaux, les tentures – tout ce qui évoquait une vie d'autrefois. Passionnée d'Histoire, diplômée de l'Ecole du Louvre, elle s'était fait un métier de cette inclination spontanée pour les siècles morts. A *Regards*, elle avait pu élargir ses connaissances aux formes les plus diverses de l'Art, qui intéressaient ses lecteurs. Cela lui plaisait d'embrasser les époques, de passer sans cesse de l'une à l'autre. C'était même devenu un défi personnel, ce travail au jour le jour qui consistait à varier les rubriques, à confronter les regards. Peinture, sculpture, poterie, céramique, mosaïque… de même qu'elle s'était initiée aux arts les plus éloignés, jusqu'à l'artisanat des aborigènes ou des Indiens des îles San Blas, il lui avait fallu parcourir le temps, passer des civilisations disparues aux recherches contemporaines. Bien sûr, pour les articles, elle faisait appel chaque fois aux journalistes spécialisés, aux enquêteurs qu'elle envoyait sur le terrain, ou aux professeurs qui apportaient à la revue le sceau de leurs signatures, la garantie d'un travail en profondeur. Son rôle était de trier les sujets et d'organiser les équipes. Mais s'il lui fallait bien s'intéresser à tout, suivre dans leur complexité et leur abondance les manifestations artistiques, elle n'en avait pas moins sa sensibilité.

Le XIXe, dont la Ville d'Hiver était un fleuron architectural, n'était pas, et de loin, le siècle qu'elle préférait. Quant au style Belle Epoque, dont la maison offrait un splendide échantillonnage – stucs, ornementations, dorures, chinoiseries, bois laqués, palmettes et griffons –, Sarah le jugeait sans nuances : hideux. Ce qu'elle aimait, c'était la pureté des lignes, la simplicité des matériaux, la légèreté de l'interprétation. Les églises romanes ou les bleus lisses de Klein. Tout le contraire de ce décor flamboyant, qui tenait autant de la vogue de la fin du XIXe, sous l'influence de l'impératrice Eugénie, que du goût particulier des premiers propriétaires, amoureux de l'Orient.

De même que les meubles, les tentures de

soie ou les essences du jardin, apportés de contrées lointaines, la bibliothèque reflétait une tout autre culture que celle de la province française : un cosmopolitisme, nourri aux antipodes. Une famille enracinée dans la région aurait accumulé les guides sur son petit royaume. Eux préféraient les livres à vocation universelle. Venus à Arcachon pour soigner l'un des leurs, ils y avaient transporté tout ce qu'ils aimaient, leur grand luxe et leurs usages. Cela, en attendant la mort. Car c'était bien la mort qui guettait chacun dans cette ville de cure.

Sarah avait cru trouver ici un abri et s'y était aussitôt calfeutrée. Mais la maison la reliait à un monde ancien, qui venait bouleverser ses perceptions immédiates. En l'entraînant irrésistiblement vers le passé, un passé qui n'était pourtant pas le sien, elle réveillait des ombres. Accompagnée de Vincent ou de n'importe quel autre compagnon, bien vivant, elle n'aurait peut-être pas ressenti leur présence.

Un dernier rayon de soleil couchant éclairait la plaque en pierre. Il la frappait avec la même précision qu'une table solaire. Gravée juste au-dessous du toit dans un encadrement de mosaïques bleues, elle se trouvait à l'emplacement exact pour recevoir ce trait. L'architecte était-il féru d'astronomie ? Un mathématicien formé à l'école des Mayas, des Cathares ? Ou était-ce un prodige naturel, qui survenait par hasard ?

Le phénomène intriguait Sarah. Pour un professionnel de la lumière, ingénieur ou photographe, il n'aurait été qu'une question technique, une équation à résoudre. Pour Sarah, c'était un rappel de l'énigme qui l'avait accueillie dès son arrivée. Un coup de projecteur sur ce nom mystérieux. Teresa… Elle ne cessait de s'interroger sur cette femme dont la villa portait le nom. Elle l'imaginait phtisique, condamnée à une vie de recluse comme neuf habitants sur dix de la Ville d'Hiver.

« Elle a dû mourir là, c'est sûr », pensa-t-elle.

Comment donner une identité à ce personnage, dont le prénom enregistré dans la pierre était la seule réalité ?

Des Français auraient baptisé leur maison Thérèse ou Marie-Thérèse. Le *a* en changeait la musique, comme si on avait passé une frontière. Il indiquait une piste exotique, mais d'un exotisme européen, sans excès. Pour sa part, à cause du style et des parures, Sarah aurait plutôt appelé cette belle demeure *Irène* ou *Fedora*, comme une princesse byzantine. Ou bien *Nefertiti*, ou encore *Isis*. Isis, rattachée au jour, au blé, à la naissance, était une divinité protectrice. Elle aurait pu garder le foyer contre l'ennemi redoutable qui frappait à sa porte. *Teresa* évoquait une mortelle, trop mortelle. Ce prénom très simple n'avait aucune résonance dans les légendes ou la mythologie. Sans recherche ni prétention, c'était comme Marie, ou plutôt Maria, un prénom chrétien. Sa singularité tenait à ce qu'il chantait le Sud.

« Elle a dû mourir là, c'est sûr », pensa-t-elle à nouveau.

Elle aurait préféré ne pas s'en convaincre mais une certitude l'accabla soudain : elle habitait la maison d'une morte.

A peine le chemin de fer avait-il rendu la région plus aisément accessible que les frères Pereire firent apporter à Arcachon les matériaux utiles à la construction de la Ville d'Hiver – les pierres, les tuiles ou les ardoises, le marbre – ainsi que des tonnes de terre fertile pour créer des jardins d'agrément. Afin d'accueillir les futurs habitants, on avait commencé par édifier une gare, à laquelle on avait donné un style de pagode chinoise. Décidément l'exotisme plaisait aux contemporains du Second Empire. Dans son enceinte, les voyageurs se bousculaient avec meubles et bagages. Car la Ville d'Hiver, si déserte aujourd'hui, avait autrefois ressemblé à une ruche et l'on y débarquait des quatre coins du monde, quoique peut-être pas de Chine. La pagode n'était que décorative : de même que le Casino mauresque, elle était surtout destinée à égayer le site et à distraire visiteurs et résidents de leur obsession majeure.

Face à la tuberculose qui tuait à petit feu, la Ville d'Hiver offrait un programme de choix. Tout y était pensé, organisé, en fonction du terrible bacille : non seulement les rues sinueuses, pour déjouer les mauvais vents, non seulement les murs épais des maisons, leurs innombrables cheminées, pour tenir les malades bien au chaud, mais la forme même des pièces. Arrondies, sans angle mort, elles paraient à la formation des nids de poussière, où les médecins voyaient une des multiples agressions fatales aux poumons. La pureté de l'air d'Arcachon n'excluait pas de sévères règles d'hygiène. Les parquets devaient être passés à l'eau de Javel, les draps et les taies désinfectés à chaque lavage ; la municipalité recommandait l'utilisation des crachoirs publics.

C'est ce que Sarah lisait dans son guide, confortablement installée à la table de la cuisine, avec une tasse de café.

Dehors, il pleuvait.

Les voyageurs, expliquait le guide, n'étaient ni des pionniers ni des émigrants, mais des gens de passage. Ils achetaient une maison ou la faisaient construire ; certains la louaient à la Compagnie du Midi qui possédait la plupart d'entre elles. Ils y installaient leurs malades et leurs domestiques, passaient quelques semaines avec eux, puis rejoignaient leur province ou leur patrie d'origine, abandonnant à leur sort les pauvres exilés, les uns avec leurs poumons à cavernes, les autres, les plus nombreux, avec le risque évident de la contagion. Sarah préféra sauter les pages sur la description clinique de la maladie, dont le guide détaillait les symptômes. Elle avait peur de toutes les maladies. Même si la tuberculose, désormais éradiquée, était un spectre moins effrayant que le cancer, l'une évoquait l'autre.

Habitant la Ville, les médecins et leurs acolytes – infirmiers, pharmaciens –, mais aussi les commerçants qui avaient choisi d'y implanter leurs boutiques et le peuple innombrable des domestiques – sept ou huit par villa, selon le guide, qui dénombrait valets, soubrettes et femmes de chambre, cuisiniers, maîtres d'hôtel, cireurs de parquets et laveurs de carreaux –, tous affrontaient le bacille. Bacille mystérieux et non identifié, qui devait hanter les cauchemars de chacun, il était le seul vrai seigneur des lieux.

De loin – jusqu'en Sibérie, précisait le guide –, la famille prenait des nouvelles. Des parents revenaient près de leur malade pour constater les progrès ou les rémissions de la phtisie. Leurs séjours se répétaient. Puis la mort interrompait le cycle. On se rendait au cimetière, de l'autre côté de la dune, sur la pente déclinante de la forêt de pins où il avait été habilement camouflé. Enfin on fermait la maison. On la cédait à une autre famille, inscrite sur une liste d'attente, qui y installerait à son tour un des siens. La succession des tuberculeux se poursuivait sans qu'on pût y voir une fin. Sarah, rêvant à cette population dont on ne pouvait envier la fortune, bien maigre consolation à son statut concentrationnaire, se demanda si le microbe ne s'était pas incrusté sur cette Montagne magique et si la masse des antibiotiques par laquelle on l'avait combattu au XXe siècle l'avait vraiment anéanti.

Dehors, c'était la purée de poix. Le vasistas reflétait une couleur blafarde. Mais la pluie s'était interrompue. Elle décida d'aller prendre l'air. L'atmosphère était devenue étouffante. Sarah avait le sentiment de s'être imprégnée de toutes ces vies anciennes qui s'étaient succédé.

Avant de sortir, elle retourna pourtant dans la bibliothèque. La pièce était plongée dans le noir. Ce qui ne devait pas l'étonner : à cause de l'heure tardive et des épais rideaux tirés sur le reste vague du jour. Elle hésita sur le seuil avant d'appuyer sur le commutateur. D'anciennes lanternes, qu'on avait récemment électrifiées, s'accrochaient aux montants par des bras de cuivre. Elles s'éclairèrent toutes à la fois, dans une débauche de lumière qui dorait le dos des volumes. Une seule se mit à clignoter sous l'abat-jour jaune, s'alluma, s'éteignit, hoqueta. Fixée sur la partie la plus à droite de la bibliothèque, son ampoule devait être dévissée.

Sarah, en s'avançant – du moins elle le supposa, car elle ne se serait pas crue si lourde –, déclencha alors un craquement qui l'arrêta net. Jeu du bois des charpentes ou des parquets de la vieille maison ? Sarah sursauta : entre grognement et feulement, le son lui parut menaçant. Petite fille, elle avait peur à la campagne. Quand la maison de ses grands-parents retentissait de ces bruits indéfinissables la nuit, elle croyait que quelqu'un marchait dans sa chambre, un assassin, un bandit... Alors que tout le monde dormait, personne, elle le savait, n'aurait pu la défendre. Sa gorge se noua. La petite ampoule indisciplinée, sans doute remuée elle aussi par le bruit, se ralluma.

D'une main peu assurée, Sarah qui tenait toujours son guide, voulut le déposer sur l'étagère contiguë, mais son geste fut si maladroit – ou était-ce comme son pas tout à l'heure, sa propre présence qui dérangeait toute cette mémoire accumulée –, l'étagère glissa de son support et s'écroula. Les livres tombèrent aux pieds de Sarah, désolée de ce qui arrivait. Il lui faudrait ranger tout ça... Dans l'espace dégagé par la chute des ouvrages se trouvait un carton à dessin de petite dimension. On avait dû le cacher là : il était encore invisible, la minute d'avant. Sarah le prit, en ouvrit les lacets. En fait de dessins, il contenait des partitions de musique.

Sur chacune, d'une écriture d'écolier, à l'encre turquoise, on avait inscrit ces deux initiales : H.V. C'étaient celles de la fille de son amie, renversée moins de dix ans auparavant par un chauffard. Hélène. Sarah avait admiré ses dons. Elle apprenait le chant, rêvait de devenir soprano. Elle avait une jolie voix claire, qu'elle ne travaillait pas assez au goût de sa mère, qui lui reprochait de ne pas consacrer plus de temps à la musique. A seize ans, dix-sept peut-être, elle préférait s'amuser, étonner ses amis avec ses aigus, ses arpèges, ou chanter devant sa glace en mimant la diva qu'elle ne serait jamais.

Parmi les partitions, Sarah trouva *Aïda* : la mélodie célèbre du troisième acte. Celle qui avait résonné dans la maison la nuit d'avant. Elle en découvrait les mots sur la portée des notes :

Qui Radamès verra! Che vorra dirmi?
Io tremo. Ah! se tu vieni...

Les maisons étaient décidément très belles. Sarah en savait maintenant la raison. Construites en plein ère bourgeoise, au moment où se fondèrent les dynasties d'affaires, elles illustraient la puissance de leurs propriétaires et rivalisaient d'éclat. Leurs architectures imposantes devaient convaincre les visiteurs de la Ville d'Hiver de la solidité et de la pérennité de ses demeures.

Sarah nota au passage, inscrits sur les façades comme une signature au bas d'un tableau, les noms des principaux maîtres d'œuvres. Ils avaient dû être fameux en leur temps. Paul Regnauld, Jules de Miramont, Marcel Ormières… On s'était disputé leurs talents. Ces démiurges de la cité s'étaient appliqués à varier leurs plans, rivalisant d'ingéniosité pour satisfaire les désirs les plus exigeants, les plus fous de leurs clients. Pagode, chalet suisse ou belvédère n'étaient que les versions disparates de leur volonté d'éblouir. Si les maisons, conçues au départ comme des forteresses pour affronter un ennemi impitoyable, avaient un aspect indestructible, l'environnement révélait leur véritable fragilité. Et aussi leur vanité. Promis à une mort prochaine, les habitants ne pouvaient jamais les occuper longtemps. La vraie puissance, sur cette colline ventée, Sarah en prenait de plus en plus conscience, c'était la forêt. Bien qu'on eût voulu la discipliner, elle avait gardé sa vigueur. La pinède envahissait les parcs des habitations qu'on laissait fermées. Elle débordait sur les rues, sur les places. Sans le travail quotidien des jardiniers, sans les efforts de la municipalité pour la tenir à distance, elle aurait tout envahi. Insidieuse et persistante, indifférente à l'hiver, elle rappelait par sa force, quoiqu'en plus modeste, une forêt tropicale ou équatoriale, le Darien, l'Amazonie… Sarah, sortie de la villa, ne pouvait se défaire de la sensation d'être en danger. La pinède – plantation des plus locales et des plus familières – prenait des dimensions fantastiques. Elle menaçait la Ville, n'en rendait que plus précaire son fastueux décor de Ballets russes.

Nijinsky y était-il venu danser, sur la scène du Casino mauresque ?

Sarah imaginait un parterre d'hommes en frac et de femmes en robes du soir, dont les quintes de toux troublaient parfois la musique. Les lumières, rétablies après le spectacle, devaient éclairer des mines cadavériques et de maigres décolletés, des regards enfiévrés autant par l'admiration que par la phtisie.

Tandis que les maisons portaient les marques de la vétusté et même menaçaient ruine, pour certaines, tandis que les façades se lézardaient, que les toits perdaient des tuiles ou des fragments de corniches, les pins maritimes prospéraient. Elle avait beau les trouver maigrelets, déplumés, en comparaison de leurs cousins du Midi en forme de parasols – ses arbres préférés, qui lui rappelaient son enfance –, elle devait accepter leur hégémonie. Ils étaient chez eux sur cette terre ingrate, plantés dans ce sable épais, grisâtre, d'où s'échappait une forte odeur d'humidité. Un jour, les villas s'écrouleraient, rongées de toutes parts, emportant avec elles le prestige et l'honneur de leurs fiers bâtisseurs – les Regnauld, les Ormières et les Miramont, dont les noms de toute façon ne disaient déjà plus rien à personne.

Elle passa devant Brémontier, qui associait le château médiéval, avec une tour centrale à meurtrières et un chemin de ronde, à deux ailes façon cottage, reliées par un escalier extérieur, digne des plus stupéfiants accessoires d'opéra. Devant Craigcrostan, dont le nom évoquait une famille écossaise ou gaélique, elle marqua une pause. Autour d'elle, la Ville respirait.

Une demi-brume habillait de douceur le paysage tout prêt à s'effacer. Il sembla alors à Sarah que plus rien ne pesait sur ses épaules. Etait-ce le décalage des époques ? Ou le charme des maisons, qui auraient pu sortir d'un conte ? Elle se sentait détachée de tout. Presque en apesanteur.

Pourquoi voulait-elle toujours résister au bonheur ?

Au journal, Sarah ne laissait à personne le soin d'écrire les articles sur les arts d'Afrique. Ceux-là surtout la fascinaient. Au fil des ans, ils étaient devenus sa spécialité. Dès qu'une exposition ou une grande vente avait lieu, c'est elle qui se chargeait de l'enquête puis du commentaire, toujours avec ferveur. Elle aimait ces statuettes aux yeux clos, aux lèvres scellées, venues du Bénin ou du Ghana, leurs poses à la fois sensuelles et hiératiques, et les bois dont elles étaient faites. Leurs formes épurées la bouleversaient. Elle passait des heures à les contempler. Sur le travail des tribus, la date de leur fabrication, leur usage et leurs symboles, on savait peu de choses. Les statuettes, fermées sur leurs secrets, n'exprimaient que le mystère et une indicible quiétude.

Elle leur devait aussi d'avoir rencontré Vincent, à l'occasion d'un reportage sur les terres cuites de la civilisation Nok. Ils avaient travaillé ensemble au musée Dapper. Les effigies africaines, chargées d'érotisme, les avaient peut-être magnétisés puisque, le soir même, ils s'étaient retrouvés chez Sarah, dans les bras l'un de l'autre. D'une nature gourmande et plutôt spontanée, elle refusait rarement les aventures, surtout quand elle les devinait sans conséquences. Pour avoir vécu déjà des amours compliquées et douloureuses, elle ne prisait rien comme ces étreintes simplement physiques, la chaleur et la force du corps des hommes. Elle s'attachait le moins possible. Préférait garder avec quelques-uns des amitiés amoureuses, s'ils le voulaient bien, et se protéger des autres, quand trop de sentiments venaient alourdir les liens. Elle fuyait alors d'instinct : les baisers, les gestes, les mots tendres n'avaient plus le pouvoir de la retenir. Il lui arrivait quelquefois de laisser se prolonger un peu une aventure, au risque de la voir s'ancrer dans des habitudes, par faiblesse pensait-elle, par compatibilité des peaux ou par un étrange envoûtement des sens, quand le compagnon d'une nuit de passage savait tout à coup lui rendre la solitude insupportable.

Cette passion des arts primitifs, sans qu'elle sût très bien l'analyser, remontait à ses années d'études à la Sorbonne, en mai 1968. Elle avait passé tout un trimestre à déserter l'Université, où elle était supposée étudier l'Histoire et préparer une licence. Les discours des étudiants l'ennuyaient. Réunis dans des assemblées générales tonitruantes où de grands chefs s'étaient assez vite imposés, ils se disputaient la parole et les idées sans qu'aucune lumière jaillisse jamais. Elle préférait s'absenter, marcher sans but dans les rues, en attendant qu'un défilé s'organise – elle n'en manquait aucun –, ou lire un roman à la terrasse d'un café, en bronzant ses jambes au soleil du printemps. Ni idéaliste ni révolutionnaire, à vingt ans, elle attendait surtout que la vie lui apporte des sensations neuves et exaltantes. Elle se demandait si elle les éprouverait jamais. En pleins combats étudiants, ses rêves étaient décalés : trop personnels et égoïstes, ils la rendaient imperméable à ces fièvres collectives, à ces projets généreux de changer le monde. L'ambition démesurée des grands chefs l'assommait. Elle défilait parce qu'elle avait envie de bouger, de s'amuser ; et aussi pour tenter de participer à la liesse. Mais le cœur n'y était pas. Progressivement, elle avait dédaigné les barricades et choisi ses cafés de plus en plus loin de Saint-Germain-des-Prés, théâtre des événements, au point de traverser la Seine et de trouver refuge rive droite – là où il ne se passait rien. Elle avait pu lire tranquillement l'œuvre complète de Boris Vian, à deux pas de la Madeleine, à la terrasse d'un bistro sans aucun intérêt. Le vide de ces journées d'adolescence, l'excitation mêlée de mélancolie qui lui en revenait, à près de trente ans de distance, séparés d'elle par toute une existence, s'accordaient avec ce séjour de vacances. Pareillement vide et marginal, il lui apparut comme une reproduction fidèle du climat de ses vingt ans. Elle était là, au fond sans y être, à la fois heureuse et désabusée, inquiète, mais prête à toutes les envolées. Autour d'elle, les gens exerçaient un métier ou occupaient activement leur temps. Elle ne faisait rien. Rien du tout. Elle avait vingt ans à nouveau.

En mai 68, elle portait de longues jupes à fleurs et des espadrilles, des colliers de perles de verre bariolées. Sur les pavés, à force de ne rien faire, elle avait trouvé une issue. De son bistro de la rive droite, remontant tranquillement vers son foyer de la rue Notre-Dame-des-Champs, en prenant par la Concorde et l'Assemblée nationale – trajet qu'elle n'avait plus jamais emprunté depuis qu'en voiture, elle avait croisé une amie de lycée, celle-là même qui lui prêtait la maison aujourd'hui. Sac au dos, chaussée de ces patogas marron qu'on voit aux montagnards pyrénéens, elle s'apprêtait à partir pour l'un de ces lieux de pèlerinage et de béatitude qui, dans leur génération elle aussi imprégnée d'exotisme, remplaçaient Lourdes ou Saint-Jacques-de-Compostelle : Woodstock, Katmandou ou Bénarès. Il fallait bien sûr en débattre – alors, on débattait de tout. L'idée de se rendre au bout du monde l'avait tirée de son marasme. Sarah se voyait déjà parcourant les routes, dormant dans des sanctuaires et absorbant sans limites des fumées délicieuses, au parfum de caramel. Elle se souvenait de son appréhension : comment pourrait-elle payer ce voyage et puis toutes ces drogues, avec son argent de poche ? Au café, parmi les étudiants, il y avait un professeur, qui enseignait la littérature comparée à la Sorbonne. Privé de sa chaire, il avait beaucoup discuté avec eux et faisait désormais partie de leur cénacle. Les étudiants l'avaient en quelque sorte adoubé. Il devait avoir une quarantaine d'années mais paraissait être le frère aîné des plus âgés. Ils l'appelaient « l'Ancien », ou « Camarade » – expression qu'ils utilisaient également entre eux. Sarah l'avait tout de suite trouvé plus intéressant que les étudiants. Il parlait peu, mais d'une belle voix calme qui tranchait dans la fureur ambiante et préférait citer des poètes plutôt que Karl Marx. Son amie était finalement partie pour plusieurs mois au Népal. Sarah était restée à cause du professeur.

Chez lui, dans un appartement du Ve arrondissement, très sombre et envahi de livres, où elle le retrouvait, il y avait une collection de statues africaines. Alignées sur la cheminée, presque toutes de même taille et de même format, de même provenance, elles veillaient telle une armée de petits soldats. C'étaient les gardiens du foyer, lui avait-il dit, et elle avait été surprise du mot foyer dans cet antre de célibataire, épris de poésie cosmopolite. C'étaient aussi des magiciens, auxquels il attribuait des pouvoirs sur lui-même. Il prétendait qu'ils le protégeaient et, plus généralement, l'inspiraient. Dans la bouche de ce professeur à l'esprit rationnel, qui organisait ses cours selon une implacable logique, cet argument aurait pu surprendre mais elle n'eut aucune peine à le croire. D'instinct, se retrouvant nue sous leurs regards, regards fermés ou vides de voyants ou de mages, elle comprit que les statues avaient sur elle un pouvoir aussi grand que le professeur, un pouvoir érotique. Complices d'une initiation qu'avec le temps elle devait confondre avec un premier amour, elles étaient associées à son histoire secrète. Sarah avait confié à Vincent, le soir même de leur rencontre, le rôle qu'elles avaient joué dans son éveil sensuel. « Professeur d'amour, c'était évidemment son vrai métier… » : Vincent ne voulait pas en démordre.

Elle avait inventé un mensonge, pour rester tout l'été à Paris. A la rentrée, les cours avaient repris dans un autre climat. Le professeur était très occupé, Sarah saurait bientôt qu'il avait d'autres amies étudiantes, qui partageaient avec elle le pouvoir des statues. Plus dépitée que jalouse, elle avait souffert de ne pas être l'Unique, comme dans les poèmes de Louise Labé qu'elle adorait. Les relations avec le professeur s'étaient espacées, puis rompues sans drame.

A réveiller ces souvenirs, si lointains déjà, Sarah songea que les arts d'Afrique étaient les plus étrangers à cet univers des Landes, où la Ville avait surgi. Aucun des habitants de la villa Teresa, si curieux du monde, ne s'y était intéressé. Naïfs et purs, taillés dans des bois patinés et sans âge, ils exprimaient une vigueur et une crudité, que ce monde fatigué de la Ville d'Hiver, livrée aux menaces de la décadence et de la maladie, ne pouvait pas comprendre. Sarah se rendait compte à quel point ils étaient liés à sa jeunesse et, en particulier, à cette vacuité dont elle retrouvait ici l'exacte sensation. Tout aussi ardente aujourd'hui qu'à cette époque, mais sans projet, sans presque d'espérance, elle s'abandonnait à l'assaut sensuel du plus doux des hivers.

Ce matin, au lieu de traîner au lit, elle s'était levée avec une obsession : rendre son éclat au salon. Une fine couche de poussière recouvrait les meubles, les tapis, les objets ; des housses de lin grisâtre enveloppaient la plupart des sièges. Ici ou là, des tissus de damas apparaissaient, des franges de soie épaisses laissaient entrevoir un luxe disparu, ou du moins camouflé, dans l'attente du retour des propriétaires. Sarah, jusqu'alors, ne s'y était jamais assise. Pour lire et pour rêver, elle préférait sa chambre. Et si elle prenait tous ses repas dans la cuisine, elle s'y rendait aussi pour préparer du café à toutes les heures de la journée. Le salon était demeuré fermé sur sa poussière légère et ses toiles d'araignée.

Aspirateur, chiffons, vieux plumeau en plumes d'oie très douces pour les choses fragiles. Elle avait entrepris un grand nettoyage. S'attaquant aux lustres de Venise et aux consoles en bois doré, aux têtes sculptées des pilastres, elle avait tout essuyé avec application. Au moment de retirer les housses, secouant des coussins, elle s'était rendu compte qu'elle reproduisait exactement les gestes de sa mère – une maîtresse de maison exemplaire. Par opposition, par défi, Sarah s'était toujours voulue différente. Le ménage n'ayant jamais été une vocation, ce que sa mère ne manquait pas de lui rappeler, elle avait tenté de s'affirmer dans une autre voie, plus affranchie, plus libre, et refusé d'accorder à un nid douillet plus d'attention qu'il n'en mérite. Ce qui lui plaisait, quand elle n'était pas au journal, c'était de voyager, de nager dans la mer, de bronzer sur une plage de sable ou de boire de ces vins délicieux qui, comme l'amour, enchantaient la vie. Au ménage, elle concédait le temps minimum, au lieu qu'ici, dans cette maison bizarre, il lui fallait se changer en fée du logis et s'humilier jusqu'à redevenir ce qu'elle n'avait jamais été ni pensé à être : une femme d'intérieur.

Voulait-elle adapter le décor à son style de célibataire, plus intime, moins solennel que ce capharnaüm ? Ou signer son passage, laisser une empreinte, même modeste, de sa fugace occupation des lieux ? Elle déplaça une table, des lampes et même un tapis.

Cette demeure, dont la splendeur vétuste aurait dû l'intimider, n'était pas seulement une curiosité touristique comme Angkor ou la grotte de Lascaux, ni un excellent sujet de reportage (Sarah gardait ses réflexes professionnels). Elle tenait à y vivre de plain-pied avec les ombres qui l'habitaient.

Ce qu'elle devinait, dans son enceinte, et qu'elle cherchait à fixer, c'était une correspondance avec sa propre vie.

Sarah pouvait contempler son œuvre avec satisfaction : le grand salon qui ressemblait à un musée, sous clef depuis trop longtemps, brillait de tous ses feux. Les tapis persans avaient retrouvé leurs bleus profonds, leurs rouges sang-de-pigeon, les lustres et les miroirs leurs reflets de cristal. Sur les paravents de Coromandel, le petit théâtre des personnages de nacre et de corail, qui dormaient sous la poussière, s'était réveillé. Mais ce qui récompensait Sarah de ses efforts, c'était une impression d'ensemble apaisante et radieuse. Le salon révélait une harmonie – elle l'entendait au sens musical –, et cette harmonie, si proche de la perfection, la comblait.

Lorsqu'elle sortit prendre l'air, dans le jardin aux agapanthes, le soleil brillait de cet éclat timide, particulier à la Ville. Du perron, on apercevait la vallée, pour une fois dégagée du brouillard. Elle n'en paraissait que plus lumineuse, vue de ces sombres hauteurs. Estival, le ciel d'en bas était sans nuages. Celui d'en haut distillait ses effets. Même ensoleillé, il ne levait jamais complètement la chape qui pesait sur la ville-hôpital.

Avenue de la Plage, boulevard de la Mer, carrefour de l'Océan… A moins que ce ne soit boulevard de la Plage, avenue de la Mer et carrefour des Vagues... Sarah confondait les noms des rues. A Arcachon, tout part de l'Atlantique, y mène ou y revient.

Un vent marin cinglant soulevait le sable qui balayait la ville basse. Sarah, qui avait décidé d'aller au cinéma, trop en avance pour la séance de cinq heures, se réfugia dans une librairie contiguë. Située boulevard de la Mer, à moins que ce ne fût avenue de la Plage ou vice versa, elle ressemblait à un grand bateau avec son fronton en bois et sa figure de proue (la tête d'un philosophe grec). Le libraire, dans un louable effort d'excentricité, avait appelé sa boutique Le Jardin d'Epicure, en ignorant superbement la mer, la plage et l'océan. La vitrine était partagée en deux. D'un côté, les livres d'actualité, avec les inévitables best-sellers aux couvertures bariolées et arrogantes. De l'autre, de vieux livres : soldes ou raretés.

Sarah s'avança vers le libraire pour lui demander s'il n'avait pas quelques ouvrages à lui vendre sur la Ville d'Hiver : mieux que de simples guides, de beaux livres. Ou même des livres anciens.

Le quadragénaire aux tempes argentées l'interrogea – Vous aimez notre région ?

La gravité et la suavité vraiment exceptionnelles de la voix pouvaient surprendre. Ténor ou baryton, Sarah n'aurait pu le dire, ses compétences musicales étant des plus incertaines.

Troublée – Oui… C'est une belle région, approuva-t-elle. Plutôt méconnue… Enfin, je veux dire pas banale. Plus secrète que la Vallée des Rois…

Il lui montra des brochures qui ne lui apprendraient rien de plus que ce qu'elle savait déjà. Elle souhaitait pourtant approfondir ses connaissances. Ne pas en rester à la surface des choses comme un simple touriste.

— J'aimerais vous faire plaisir… Le libraire ne pouvait lui proposer qu'une biographie, déjà ancienne, de Gabriele D'Annunzio.

— C'était un touriste lui aussi, mais un touriste éclairé et gourmand. Il a beaucoup aimé Arcachon, où il a vécu longtemps. Vous trouverez là un chapitre fort bien documenté sur les débuts de la vogue d'Arcachon.

L'auteur de l'ouvrage, dont il lui vantait les mérites, était un biographe éblouissant. On pouvait se fier à sa culture. Spécialiste de la Belle Epoque, il avait écrit d'autres livres sur les grandes figures de la décadence artistique, son sujet de prédilection : Jean Lorrain,

Robert de Montesquiou, Sarah Bernhardt. Mais le D'Annunzio était son chef-d'œuvre. Philippe Jullian, le biographe, avait consacré une grande part de son travail au séjour du poète à Arcachon.

— Encore que j'eusse dû dire *en* Arcachon, comme *en* Avignon…

Avec des raffinements grammaticaux dignes de l'époque évoquée, le libraire insista pour qu'elle ne reparte pas sans ce livre, véritable clef de la Ville d'Hiver.

Déçue de ne pas trouver d'ouvrage plus complet, Sarah devrait se contenter d'avoir pour guides éclairés un biographe de la décadence et un poète ultradécadent : au moins seraient-ils assortis au décor ! La tête de D'Annunzio, reproduite sur la couverture, avec son crâne chauve et sa barbichette, était celle d'un faune.

Elle osa se montrer méfiante : D'Annunzio n'était-il pas un poète fasciste ? Est-ce qu'il n'avait pas défrayé la chronique d'avant-guerre en flirtant avec le Duce, qui lui avait offert un palais en Italie ? C'était un de leurs projets de vacances avec Vincent : un tour des lacs italiens. Ils seraient allés jusqu'au Vittoriale – elle se souvenait que Vincent y tenait beaucoup. Mais le projet avait avorté, comme leur avenir commun. Adieu le lac d'elle ne savait plus quoi, Constance ou Lugano ou peut-être de Garde...

Le libraire se montrait de plus en plus serviable, et même séducteur, jouant de sa voix mélodieuse.

— Si vraiment vous souhaitez en apprendre davantage, il faudrait vous adresser à un meilleur interlocuteur. Je suis un tout petit peu spécialiste d'Arcachon mais me reconnais incompétent sur la poésie décadente et le fascisme italien... Alors, croyez-moi, il faut que vous alliez voir...

Il nomma l'un de ses amis, qui collectionnait tout ce qui pouvait enrichir la connaissance de la Ville d'Hiver depuis sa création. Ses compétences englobaient le XIXe et le début du XXe siècle. Il devait tout connaître sur D'Annunzio.

— Ce n'est pas du tout un libraire, précisa-t-il. Il ne fait pas commerce de ses livres mais il les prête volontiers. Ou plutôt il autorise leur lecture. C'est un mécène.

Réputée bien au-delà du département, sa collection attirait à Arcachon des chercheurs et des étudiants qui se consacraient à l'étude de la littérature postromantique – parmi eux, beaucoup de D'Annunzistes venus du monde entier. Aucune carte d'entrée ni aucun sésame n'étaient nécessaires : il suffisait de frapper à la porte... de la pharmacie.

Car le mécène était propriétaire de la plus grosse pharmacie de la ville. Le libraire lui présenta ce personnage aux talents éclectiques, qui avait su concilier son métier avec son principal hobby. Il lui recommanda chaleureusement d'aller le voir. Car il possédait lui aussi, comme D'Annunzio et Philippe Jullian, une clef de la Ville qui devait ouvrir de nombreuses portes.

— La Ville d'Hiver, lui dit-il, est un univers clos sur des secrets.

Sa connaissance exigeait une initiation.

Sarah n'en fut pas surprise : le plus indifférent des visiteurs aurait été sensible au mystère d'un décor où la lumière était capable de créer en plein jour des illusions d'optique, où l'acoustique même défiait la raison en répercutant des échos qu'on pouvait croire issus de l'autre côté des miroirs.

— Notre ami est un homme important ici, poursuivit le libraire. Il a joué un rôle politique de premier plan, il y a de ça plusieurs années, et demeure toujours influent. Elu au conseil municipal, c'est le type même de l'éminence grise : le maire d'alors n'écoutait que lui. Il faisait comme on dit la pluie et le beau temps. Malheureusement, il mélangeait les genres, les gens n'aiment pas ça. Il laissait à ses collaborateurs le soin de l'officine. On le lui reprochait. Car il ne passait que quelques heures par semaine dans sa boutique, pour les comptes principalement, ou pour des préparations exigeant du savoir et du doigté. Les gens trouvaient qu'il s'occupait de trop de sujets divers et pas assez d'eux. La bibliophilie n'est pas une passion populaire. Ça les inquiétait ici d'avoir un pharmacien bibliophile... Je crois que certains, ignorants du mot, le confondaient avec un vice : bibliophile ou pédophile, ça sonne de la même manière. Et puis, l'esprit français tolère mal qu'on veuille goûter à tout. Les livres et les médicaments, compliqués de politique municipale, c'était vraiment trop pour la moyenne de nos concitoyens. Alors, ils ont préféré élire un autre maire, un type plutôt inconséquent, mais qui se présentait comme un professionnel de la politique. Très présent sur le terrain, trop présent même – il allait se compromettre dans des affaires immobilières –, il a battu l'ancien maire et a ainsi éliminé le redoutable conseiller de l'ombre, malgré ses solides réseaux. Exit le pharmacien-politicien.

— Restait la passion des livres, enchaîna Sarah, qui trouvait que le libraire s'écoutait parler et ne concluait pas assez vite. La partition n'était pas à la hauteur de cette belle voix.

— Donc, mon confrère et non-concurrent, reprit patiemment le libraire, est un personnage à plusieurs facettes. Personne n'a jamais su, pas même moi qui le connais bien, d'où lui vient cette passion pour les vieux livres. Il la prétend innée. Vissée au cœur de certains êtres, avec l'amour du passé. Aujourd'hui à la retraite, il a vendu sa pharmacie mais il habite encore juste au-dessus. Son épouse est décédée ; sa fille habite Paris et descend rarement par ici. Les chercheurs et les étudiants que sa collection intéresse ne sont pas seulement bordelais ou parisiens ; ils viennent de la terre entière. On voit passer chez lui des Russes et des Américains.

« Enfin bref, conclut-il, vous pouvez être sûre qu'il vous fournira les informations que vous cherchez ou qu'il vous aidera à les trouver. Sa bibliothèque est un trésor. C'est un bibliophile d'une espèce encore plus rare que ses livres : généreux et convivial. D'ailleurs, ajouta-t-il comme si c'était là le compliment suprême, nous jouons aux cartes ensemble.

Il nota sur une feuille au tampon du Jardin d'Epicure le nom et l'adresse de son partenaire au bridge.

Au même moment, une jeune fille que Sarah eut à peine le temps d'apercevoir déposa deux bandes dessinées sur la table d'un geste brusque. Puis, sans avoir prononcé le moindre mot, elle tourna les talons tandis que le libraire, comme s'il était désolé de son mutisme et de sa brutalité, soupirait en la regardant partir. Sarah, surprise par son parfum fruité, l'était plus encore par les deux B.D. dont elle venait de se débarrasser : peintes dans des couleurs criardes, des créatures d'une autre planète, de sexe ultraféminin, étaient moulées dans leurs armures d'acier comme dans du latex. Ce devait être une lecture plus amusante que ses brochures austères et autres guides bleus… Elle enregistra le rapprochement inédit de leurs univers. Le télescopage d'un passé décadent avec le futur interstellaire. Tout cela ne tirait pas à conséquence mais elle se sentit vieille, d'un coup. Tellement plus vieille que la jeune fille.

Surtout, ne pas y penser. Ne pas s'attarder. S'intéresser à autre chose… Revenir à la Ville, à son histoire.

Et au poète fasciste qui s'en était épris comme d'une femme, à en croire le libraire à la voix d'opéra.

A quelques rangs devant elle, dans la salle aux trois quarts vide du Majestic II, Sarah reconnut aussitôt la jeune fille qu'elle avait entraperçue. Silhouette élancée dans un long anorak noir, elle était passée à côté d'elle et c'était son parfum qui l'avait alertée – la jeune fille sentait la fraise. Sarah avait capté au passage son profil de statue – nez droit, à la Néfertiti, bouche dessinée au crayon noir. Elle avait de longs cheveux très lisses, très bruns, qui lui tombaient sur les épaules, et de nombreux piercings à l'oreille droite. Sa jeunesse, sa beauté étaient insolites dans ce cinéma triste, où des couples à la retraite et des personnes esseulées venaient conjurer leur ennui. Quel âge pouvait-elle avoir ? Seize ans, dix-sept ans, au plus… Elle a dû sécher les cours, pensa Sarah.

A moins qu'elle ne fût en convalescence dans la région. La tuberculose était aujourd'hui enrayée, mais les médecins continuaient à soigner ici les bronches et le sang. Sarah était frappée par sa mine anémiée.

Vincent l'aurait adorée. Les mannequins anémiés étaient selon lui les plus belles sur les photos. « Lumière intérieure, intensité cachée », elle se souvenait de ses engouements.

Une musique d'ambiance, destinée à patienter, accompagnait des annonces publicitaires affichées comme un rideau sur l'écran – sans doute en différant la projection voulait-on laisser leur chance à de possibles retardataires. Sarah observait la nuque fière et les longs cheveux noirs de la vierge égyptienne – c'est ainsi qu'elle l'imaginait. La jeune fille aurait tout aussi bien pu être crétoise ou romaine, car elle donnait l'impression d'être tombée d'un Olympe ou descendue d'un Parthénon. De dos, elle avait un port de tête royal, que Sarah n'avait vu qu'à ces figures peintes au palais de Cnossos ou dans les tombeaux des reines d'Egypte. La jeune fille eut alors un geste de la main pour soulever ses cheveux. C'était une main incroyablement fine et même décharnée, ornée d'anneaux à tous les doigts. Les bagues devaient lui peser, tant les attaches paraissaient fragiles – du cartilage, plutôt que de l'os.

Cette inconnue, en révélant sa maigreur, se confondit aussitôt dans le souvenir de Sarah, non plus avec les déesses de la mythologie ou les épouses des pharaons, à la beauté hiératique, aux nez orgueilleux et aux larges fronts, mais avec une autre jeune fille, aussi brune et surtout aussi mince, qui avait souffert autrefois d'anorexie et dont les grèves de la faim, répétées, chroniques, étaient devenues une angoisse pour toute la famille. La correspondance la frappait. N'ayant pas eu d'enfant, elle avait oublié à quel point l'adolescence peut être malheureuse. Il y avait si longtemps... Mais elle le savait : il ne fallait voir aucune fatalité, aucun signe de maladie dans cette maigreur, qui résultait au contraire d'une volonté exacerbée et démontrait un étonnant tonus dans l'ascèse. Les jeunes filles atteintes de ce penchant ou de ce désir de perfection, de cette rigueur extrême, ne veulent que remporter une victoire sur elles-mêmes. Elles ne laissent à personne le droit de décider. Sarah se souvenait qu'elle avait été l'une de ces indomptables, autrefois.

Elle songeait avec un peu de tristesse aux

innombrables nymphettes qui étaient les modèles préférés de Vincent, probablement aussi ses maîtresses. Petits mannequins aux corps graciles, aux visages de souris, dont les yeux marqués de cernes violets et les bouches couleur cassis le fascinaient. Toute sa vie semblait avoir eu pour but de fixer le cortège de ces beautés nubiles, à demi mortes de faim, se rassasiant en contrepartie de leur chair délicate et fruitée – le parfum de fraise lui évoquait des amours juvéniles, presque enfantines.

Tout au long du film, tandis que Clint Eastwood et ses justiciers dévastaient San Francisco, tandis que les cadavres s'accumulaient dans une musique d'apocalypse, Sarah regrettait d'avoir si mal choisi sa récréation et se laissait dériver au loin. Elle tenait sur ses genoux le livre de Philippe Jullian et en aurait bien commencé la lecture. Elle y avait glissé la feuille où figurait le nom du bibliophile. Rêvant à ce personnage, qui vivait au-dessus de sa pharmacie comme Merlin le Magicien dans la tour d'où il observait les étoiles, elle ébaucha les questions qu'elle lui poserait. Le libraire le lui avait assuré : ce joueur de bridge savait tout de la Ville jusque dans son plus ancien passé. Que lui apprendrait-il sur les habitants de la villa Teresa ? Aurait-il en sa possession des documents susceptibles de l'éclairer sur leur histoire particulière ? Ou se contenterait-il d'enrichir ses connaissances avec un cours d'urbanisme ou, pourquoi pas, de pneumologie – l'histoire de la Ville et la maladie étant indissolublement liées, parties intrinsèques d'une même aventure. Ce que Sarah voulait, ce n'était pas tant étendre sa culture (l'histoire régionale, encore moins régionaliste, ne lui paraissait pas une fin en soi) que combler un manque. Le sentiment d'un vide, depuis qu'elle était là. C'était entrer dans le secret de ces vies privées, qui lui parvenaient par bribes ou plutôt, selon un terme de climatologie, par souffles, portés jusqu'à elle par l'effet d'une lointaine tempête.

Sur l'écran de cinéma, elle ne voyait que des images vides. Elle n'entendait plus les répliques. C'est dans un autre monde qu'elle aurait voulu pénétrer : dans la Ville morte, au temps de sa splendeur.

D'Annunzio avait-il franchi le seuil de la villa, connu ses occupants ou aimé la mystérieuse Teresa, qui lui avait légué son nom avant de finir en cendres au fond d'une tombe, sur le bord déclinant de la dune ? Elle ne savait encore rien de ces vies passées mais se sentait invinciblement attirée par elles. Où la conduiraient-elles ?

Après le générique, lorsque la lumière revint dans la salle, Sarah regarda passer dans l'allée centrale la jeune fille brune au profil égyptien. Elle disparut très vite, silhouette de gazelle, emportant avec elle son parfum d'adolescente.

Avait-elle aimé la violence du film ou, comme elle, rêvé à d'autres choses ? A l'amour, par exemple. A l'absence d'un amour.

Si Vincent était venu avec elle, idée qu'elle ébauchait pour la première fois depuis leur rupture, ce séjour aurait été tout autre. Des vacances d'hiver en amoureux. Ils se seraient promenés, main dans la main, épaule contre épaule, sur la plage, le long de la jetée, ils auraient commenté la mer, qui n'était jamais la même dans sa grisaille. Ils auraient partagé leurs regards, leurs sensations. Pour Vincent qui pratiquait tous les sports, la plage immense, de même que les rues en pente de la Ville d'Hiver, auraient été un circuit où courir, où entraîner ses muscles, dans une recherche idéale de performance. Pendant ce temps, elle aurait paressé et lu D'Annunzio. Nul doute qu'il le lui aurait reproché. Il se serait inquiété, agacé peut-être, de la voir préférer le cocon au grand air, le farniente à l'exercice. Quant à la lecture, il ne la pratiquait pas beaucoup ; il préférait les images aux mots. Dans la librairie du Jardin d'Epicure, il aurait choisi lui aussi, comme la jeune fille inconnue, le rayon B. D. – la littérature des adolescents.

Leurs différences profondes les avaient éloignés l'un de l'autre. Sans doute ne s'étaient-ils compris un peu que dans l'amour, où leurs contrastes parvenaient alors à s'accorder. Sarah avait aimé les bras de Vincent. Elle regrettait le plaisir qu'il savait lui donner. Et aussi sa chaude présence – cette manière qu'il avait de se déplacer partout comme un danseur. Surtout quand il photographiait ses sujets. C'était tout un spectacle de le regarder travailler. Ici, il n'aurait rien manqué, ni le paysage délavé de gris, ni les monuments de la Belle Epoque, ni les belles maisons. Sarah se demandait s'il aurait apprécié de vivre dans ce caravansérail ; et s'il n'aurait pas plutôt préféré l'hôtel. Il en commentait souvent les avantages, comparant entre eux les meilleurs établissements où il descendait, aux frais du journal qui l'employait. La liste en était longue de New York à Tokyo – Vincent signait des contrats dans le monde entier. Les maisons de famille n'étaient pas son genre.

Pas plus que celui de Sarah, d'ailleurs. Il aurait été surpris de son acclimatement. Aussi célibataire que lui et tout aussi jalouse de son indépendance, elle s'étonnait elle-même d'éprouver un tel attachement pour une demeure familiale, qui n'était pas la sienne, et qu'elle avait pourtant à cœur d'embellir. Comme si les enfants, les amis, le mari allaient arriver le lendemain matin et qu'elle ait souhaité les accueillir dans un cadre parfait – une maison destinée au bonheur. Sans doute en avait-elle été privée pour la désirer autant. Vincent se serait sûrement moqué d'elle – il avait l'ironie facile. Mais il aurait été là, tout près.

Elle aurait bien échangé sa soirée solitaire et vide contre une nuit d'amour. Vincent lui manquait. Elle n'arrêtait pas de penser à lui. Quand il l'avait quittée, elle n'avait pas vraiment souffert – il lui avait toujours semblé que leur rupture se produirait. Elle y croyait comme à une fatalité. Très vite, le plaisir n'avait plus été un étonnement ou une conquête ; il devenait conjugal, sans doute trop conjugal, pour lui comme pour elle. Si Vincent avait été là, il aurait pourtant changé l'atmosphère. Il y aurait apporté son enthousiasme et ses plaisanteries. Sa joie de vivre surtout, sa si confiante joie de vivre. Mais il était parti. Il ne pouvait plus rien pour elle.

Dans la solitude, sa connaissance de la Ville d'Hiver progressait à grands pas. Elle serait bientôt incollable. Sur la tuberculose notamment, ses foyers d'infection, son diagnostic et ses symptômes, ses ravages en Europe et l'âpre concurrence qui mettait aux prises les stations de montagne comme Davos-Platz avec celles du bord de mer. Mais aussi sur la culture des pins. Sur le mouvement des dunes de sable, qui menaçaient d'engloutir des villas de la côte, au Moulleau et surtout au Pyla. Sur les exodes de population, aussi mouvants que les dunes, avec des flux de l'est, puis du nord ou du sud, selon les modes et les saisons.

Il y avait eu beaucoup de Russes, à l'époque où la villa Teresa s'était construite. Le guide le mieux documenté sur la démographie ne mentionnait ni Egyptiens ni Byzantins, mais beaucoup d'Anglais et quelques Italiens – il citait d'ailleurs D'Annunzio parmi cette colonie. Les Russes étaient les plus longuement référencés – il y avait des colonnes de statistiques à propos des familles, principalement moscovites, qui avaient déplacé à Arcachon leurs icônes et leurs samovars. Elles ne s'y étaient pas implantées massivement, bien sûr, mais « au goutte-à-goutte » selon l'expression de l'auteur, quand un des membres de la famille, séduit par le paysage ou par un(e) autochtone, renonçait à l'idée d'un retour. La Ville d'Hiver pouvait s'enorgueillir de plusieurs de ces coups de foudre dont les Russes, disait-il, « à cause de leur tempérament passionné et versatile », sont fréquemment les victimes. Songeant que D'Annunzio, dont les conquêtes amoureuses sont légendaires, avait choisi de vivre quelque temps dans cette région où confluaient des gens venus de tous horizons, Sarah se demanda s'il n'y avait pas quelque chose dans l'air de ce pays qui favorisait la passion.

Un climat indéfinissable, entre l'air marin et l'effet de serre. Contrasté, chargé d'iode et de sel, mais aussi de senteurs douceâtres, trop parfumées, trop sucrées, qui vous prenaient au piège de leurs caresses, c'était un climat idéal pour aimer et mourir. Et, entre les deux, écrire des vers.

Dans un ouvrage publié par les éditions Finitude, un professeur bordelais expliquait que les Russes de la Belle Epoque s'étaient particulièrement bien adaptés à la Ville. Comme à Nice, où ils avaient colonisé un quartier entier et même construit des cathédrales à bulbes d'or, ils se plaisaient dans cette Riviera atlantique qui, si elle n'avait été associée à leur maladie, aurait été pour eux un paradis. La population, ravagée par la tuberculose, ne se privait d'aucun des plaisirs que la Ville, généreuse et même fastueuse, lui offrait en abondance. Parmi elle, les Russes étaient les plus festifs. Ils savaient jouir de la vie malgré les circonstances tragiques et s'amuser jusqu'au seuil de la mort. Les Russes, écrivait le professeur qui semblait bien les connaître, dansaient, aimaient, jouaient au black-jack et à la roulette, allaient au théâtre, au casino et à l'Opéra, buvaient du champagne, bref, ne manquaient pas une fête, et elles étaient nombreuses, avant de se coucher pour rendre le dernier soupir.

Sarah en avait des frissons. Dans la villa

Teresa elle imaginait tour à tour le calme d'une agonie, dont elle devinait les affreuses souffrances, et une effervescence – l'arrivée inopinée d'un orchestre, d'invités, qui sait ? d'un ténor ou d'une cantatrice, pour distraire des miasmes de la mort une créature toussant et crachant le sang, emmitouflée dans des couvertures mais s'enchantant encore de musique ou dévorant les livres anglais de la bibliothèque : le fantôme de la mystérieuse Teresa. Peut-être même, animée d'un désir subit de se distraire, cette inconnue qui avait dormi avant elle sous ce même toit, avait-elle fréquenté le Casino mauresque dont l'architecture abracadabrante avait été copiée sur la mosquée de Cordoue. Sarah avait appris qu'il avait complètement brûlé dans les années 1970, ce qui rendait impossible le pèlerinage.

La famille qui habitait la villa, au début du siècle dernier, avait-elle des origines russes ? Sarah en venait à le supposer. Il y a un Orient russe, dont la culture n'est pas éloignée de Byzance. Tout ce qu'elle avait pris d'abord, dans le grand salon, pour des traces du Moyen-Orient pouvait avoir été amené là de Kiev ou de Moscou. Teresa ne rappelait à Sarah aucune héroïne de roman russe, et elle le regrettait presque, tant il y a de romantisme dans ces histoires d'amour, où la nuit et la neige se disputent le décor avec la fumée des samovars. En caricaturant à peine, elle aurait bien vu une Anna Karénine dans cette Teresa inconnue, tourmentée par un destin trop lourd… Le nom gravé sur la façade de la villa qui attirait les rayons du maigre soleil arcachonnais, l'obsédait toujours. Elle se promit d'aller aux sources. Lesquelles étaient peut-être italiennes, après tout.

Que venait faire D'Annunzio dans ces parages, mêlé à tous ces Russes ou à ces Byzantins ? Les avait-il seulement fréquentés ? En avait-il connu ? Et quels étaient leurs liens, s'ils en avaient eu ? En quoi, surtout, sa biographie aiderait-elle Sarah à mieux comprendre l'histoire de la Ville d'Hiver, mais aussi la sienne à travers celle de cette vieille villa, déjà très encombrée, où elle surajoutait des rêves et des fantasmes ? Les pistes étaient embrouillées, multiples. Une toile d'araignée, autrement plus difficile à démêler que les fins cheveux de soie qui encombraient hier encore le grand salon chinois.

La maison continuait à craquer. Sarah s'habituait mal à ces bruits sinistres, qui se produisaient à intervalles réguliers ; elle les remarquait particulièrement, le soir, avant de pouvoir dormir, à ces heures passées à lire comme au milieu d'un désert. Aucune voix humaine, aucune conversation, ni l'écho de la circulation – les voitures étaient rares en cette période de l'année et de toute façon, de la chambre, elle n'aurait pu les entendre : rien ne perturbait le calme profond de la maison que le froissement des feuilles d'arbres sous le vent léger et la pluie, par intermittence. Les craquements n'en résonnaient que mieux dans le silence. Sarah, du fond de sa lecture, relevait chaque fois les yeux vers le plafond, observait les poutres, guettait un pas qui aurait indiqué une présence. Elle ne pouvait s'empêcher de ressentir chaque fois une secousse. C'était comme si la maison bougeait et respirait, comme si en elle quelqu'un ou quelque chose, forcément vivant, forcément hostile, se manifestait. A chaque craquement, Sarah croyait s'entendre rappeler qu'elle usurpait l'endroit.

Elle n'était sûre que d'une chose : tout voyage avait un sens. Le sien en aurait un. Si elle se laissait entraîner assez loin, elle lui serait peut-être un jour redevable. De quoi ? Elle n'en savait rien. Mais elle le pressentait : il y avait dans son vagabondage, loin des balises de la vie réelle, non seulement un charme mais une nécessité. Des âmes mortes peuplaient la maison et ses environs, du Casino mauresque envahi par les Russes et les Anglais de la Belle Epoque jusqu'au Moulleau, où D'Annunzio avait choisi de s'exiler. Qu'importe ? Elle n'avait pas peur des spectres, même si leurs pas, la nuit, hantaient son sommeil. Elle finissait par aimer leur compagnie. Simplement, elle manquait de courage pour leur ouvrir la porte. Il lui fallait les affronter.

Elle avait envie – une envie voluptueuse – de se rapprocher aussi près que possible de l'univers ancien qui l'entourait, dont les murs portaient les traces brûlantes. Ce qu'elle voulait, c'était s'immerger dans la Ville d'Hiver – la vraie, celle d'hier. Plonger en elle, s'y absorber, quitte à ne plus revenir.

II

Bernard Maréchal, le bibliophile, habitait bien au-dessus de la pharmacie principale du centre ville mais ne ressemblait ni à un mage, tel que Sarah l'avait imaginé, vivant au milieu de manuels d'astronomie et d'alchimie, ni à un apothicaire du Moyen Age, parmi des fioles et des becs de chauffage, des burettes et des entonnoirs. C'était un homme d'une soixantaine d'années, approchant peut-être des soixante-dix, qui affichait une forme athlétique. Il devait pratiquer la boxe et le vélo. La tête rasée à la militaire, comme pour mériter son patronyme, il avait la minceur, la raideur et la coupe de cheveux d'un colonel à la retraite. Ou d'un jeune maréchal. Sarah, qui s'attendait à rencontrer un rat de bibliothèque, cherchait des yeux des livres et ne les trouvait pas. Le salon, d'une banalité très beige, était tapissé de boiseries en chêne, à la patine imitée de l'ancien. Belle déception.

D'autorité, jugeant qu'il était trop tard pour proposer du thé, il lui servit du gin sur de la glace pilée, qu'elle n'osa pas refuser. Il l'aurait peut-être mise aux arrêts… Lui-même but le contenu d'un grand verre comme du jus d'oranges. Puis il la soumit à une batterie de questions à laquelle elle n'aurait pu se soustraire – le ton ferme et cassant décourageait toute dérobade.

— Pourquoi avoir choisi Arcachon plutôt que le Pyla ou Le Cap-Ferret ?… Etes-vous en bonne santé ?… Avez-vous été vaccinée ?… A quand remonte votre dernier test antituberculinique ?…

Elle s'efforçait d'affronter la salve, la gorge brûlée par l'alcool.

C'était le thérapeute qui l'interrogeait, comme si le but de sa visite eût été un bilan médical. Il lui raconta comment lui-même, lorsque le BCG était devenu obligatoire (il avait alors une quinzaine d'années), avait suréagi au vaccin. Une fièvre foudroyante et une irruption d'affreuses pustules là où la peau avait été scarifiée, apportaient la preuve d'une précédente inoculation. Sans avoir jamais éprouvé les symptômes de la maladie, il portait en lui les germes du fameux bacille.

— Le principe de la mithridatisation, dit-il. Comme toute ma génération, nés et grandis ici, nous étions naturellement immunisés.

Le danger selon lui demeurait. Si on guérissait désormais la tuberculose par des charges massives d'antibiotiques, elle n'en continuait pas moins à menacer, et à Arcachon, plus qu'ailleurs, les organismes fragiles ou les tempéraments dépressifs. Il voulait s'assurer que Sarah n'appartenait à aucune de ces catégories. Autrement, évaluant les risques avec une froideur clinique propre au corps médical devant les cas désespérés, il lui aurait recommandé de quitter la région au plus vite.

Elle lui confia alors son attachement grandissant pour la Ville d'Hiver. Si symptôme il y avait, c'était celui de l'étrange emprise que la Ville exerçait sur elle. Elle eut recours à l'image du charmeur de serpents.

— Attention ! la coupa aussitôt Bernard Maréchal. Sur ce point il ne saurait y avoir de doute. Les serpents pullulent dans notre climat, où s'additionnent plusieurs facteurs : la chaleur, l'humidité, le terrain sablonneux et accidenté, et puis, ajouta-t-il sans plaisanter, une longue tradition. Ils sont là depuis des siècles. Depuis plus longtemps que nous. Vous devez absolument avoir sur vous le kit antivenin – seringue, aiguille, vaccin !

Comme Sarah ouvrait des yeux affolés :

— Simple précaution. La plupart ne sont pas venimeux.

L'homme était-il un obsédé de la prophylaxie, ou avait-il gardé de son métier la sage pratique de la prévention ? La conversation se poursuivit sur le même registre médical. Il y avait chez Maréchal le docte contentement de ces savants, que leur science place au-dessus du commun des mortels. Sarah ne pouvait s'empêcher de le trouver malgré cela sympathique : il cherchait à la mettre en garde contre les risques locaux de contagion et d'infection, voire les accidents véniels.

— On ne peut pas vacciner contre tout, hélas, lui dit-il. Le vaccin contre la grippe, par exemple, je le déconseille en général. A moins d'être fragilisé par une affection autrement plus grave ou, comme je vous l'ai dit tout à l'heure, par une dépression à caractère profond et chronique, tout organisme doit pouvoir subir les assauts de la fièvre et résister. C'est même un excellent exercice. Un moyen de développer des anticorps. La vie moderne a tendance à les ramollir.

Son discours n'admettait pas de réplique. Dans son costume trois pièces en flanelle anthracite qui gardait elle ne savait quelle raideur impeccable, tel l'uniforme des militaires, Sarah cherchait en vain le signe de la passion dévastatrice dont on lui avait parlé. L'homme était impassible. Un parfait gentleman à l'anglaise. Il ne laissait voir aucune trace de fantaisie, si ce n'était sa cravate : brodée d'une ancre marine surmontée d'une couronne, Sarah supposa qu'elle signalait son appartenance au club de voile local – sans doute un Royal Yacht-Club. Fantaisie balisée.

— Vous-même avez une petite mine, dit-il. Vous devriez prendre du magnésium B6. Je le prescris toujours aux Parisiens stressés !

Il lui en offrit généreusement une boîte, qu'il sortit d'un tiroir du somptueux bureau Louis XV, digne d'un ministre, qu'il utilisait pour ranger sa réserve de médicaments. Gardait-il des provisions de Mag2 B6 pour son usage personnel ou pour les distribuer aux visiteurs venus comme elle chercher une tout autre nourriture et qui oubliaient de passer par la pharmacie ? Sarah, que le gin échauffait, lui rappela qu'elle aurait aimé consulter ses livres plutôt que de subir un test de santé.

Le colonel se leva :

— Ne soyez pas impatiente. Ma bibliothèque doit se laisser désirer.

Il alla tirer les rideaux, alluma quelques lampes aux abat-jour d'un vert sombre et, dans cette demi-obscurité, se dirigea vers les boiseries. Il les ouvrit lentement, comme de vulgaires placards, à l'aide de clefs qu'il gardait dans sa poche. Sarah vit alors apparaître la plus formidable et la plus émouvante collection privée qu'elle ait jamais pu contempler.

Tout le grand mur du fond de la pièce avait pris une teinte chaude et cuivrée. Des centaines de volumes, reliés de cuir et gravés à l'or fin, charmaient son regard du sol au plafond. Elle eut les larmes aux yeux. Elle ne pouvait ni parler ni bouger, ni tendre la main – geste qui aurait paru sacrilège.

Bernard Maréchal, lui, savourait son effet. Il la regardait en souriant : « j'aime vos larmes », dit-il simplement, avant d'ajouter après un silence, « soyez la bienvenue » – mots qu'il n'avait pas encore daigné prononcer.

Il lui montra un exemplaire des *Fleurs du*

Mal, publié par Poulet – Malassis à Bruxelles, sur lequel figurait cette sobre dédicace : « A Victor Hugo, Charles Baudelaire. » Puis un ouvrage datant du XIIIe siècle – un incunable auquel il avait consacré l'héritage de son père. C'était le tout premier volume de sa collection :

— J'aurais pu acheter une maison de la Ville d'Hiver, pour une valeur équivalente.

Sur le mur perpendiculaire, moitié moins large, derrière d'autres portes de chêne fermées à clef, étaient rangés les dossiers : depuis des années, comme le libraire du Jardin d'Epicure l'avait expliqué à Sarah, Maréchal accumulait en effet les documents sur la région et avait fini par constituer une bibliothèque d'archives capable de concurrencer les fonds régionaux ou municipaux, voire nationaux, les plus estimables. Il était fier, par exemple, de supplanter la BN en bien des domaines. Des étudiants, des chercheurs, futurs docteurs ès lettres ou ès sociologie venaient du monde entier pour trouver chez lui la pièce originale, inédite, qui apporterait une preuve définitive ou étayerait leur démonstration. En matière d'érudition, Maréchal avait plus d'une fois contribué à faire avancer la science.

— Il y a là tout ce que vous voulez savoir,

dit-il. L'histoire des villas, le nom de leurs occupants… Il lui expliqua comment se servir du fichier afin de se guider seule parmi les innombrables papiers étiquetés, numérotés, répartis dans des chemises de couleurs vives.

— Vous trouverez facilement par la suite. Je ne vous demande qu'une chose : ne remettez aucun dossier à sa place. Laissez-les sur la table où vous aurez travaillé. Je tiens à les ranger moi-même. Une manière pour moi de vérifier qu'ils sont bien classés et de me rafraîchir la mémoire.

Il lui arrivait encore d'acheter en salles des ventes des documents qui manquaient à sa collection : lettres autographes, photographies, livres spécialisés. Abonné à la Gazette de Drouot et à de nombreux bulletins de librairies anciennes, il traquait infatigablement le document rare. Bernard Maréchal présentait de toute évidence les symptômes de la collectionnite aiguë – maladie contre laquelle, en effet, il n'existe aucun vaccin ni aucun antidote.

La villa Teresa figurait au fichier.

— Bon choix, dit Maréchal. Belle maison. Allée Faust… Voyons ça.

Il exhuma le dossier et le lui tendit. D'une

extrême minceur, il contenait une unique feuille portant ce double commentaire tapé sur deux lignes à la machine :

Voir à D'ANNUNZIO.

Voir à Princesse T.

Cette dernière lettre était gribouillée. Le T, s'il n'avait pas coïncidé avec l'initiale éponyme de la villa, aurait aussi bien pu passer pour un B ou un R. La logique voulait pourtant que ce fût le T de Teresa.

Sarah fut encore une fois déçue. Maréchal lui sourit tandis qu'elle levait les yeux de la page aux trois quarts blanche. Il voulut lui resservir du gin :

— Vous me paraissez en avoir autant besoin que de Mag2 B6.

Elle alla docilement se rasseoir.

— Si je vous sors le dossier D'Annunzio, vous en avez pour des semaines, voire des mois de travail. C'est le plus abondant parmi mes archives, avec celui sur Marie de Régnier. Quant à Princesse T. et je ne me souviens plus moi-même si c'est Princesse T. ou B. ou R., je dois vous l'avouer, le dossier a disparu il y a plus d'un an, après la visite d'une étudiante italienne qui prétendait avoir avec elle une proche parenté. Vous m'en voyez navré.

C'était son arrière-grand-tante, je crois... Or, il se trouve que cette Italienne n'a jamais répondu à mes lettres et que le numéro de téléphone qu'elle m'a laissé était erroné. Vous comprendrez qu'aujourd'hui, je ne laisse à personne le soin de remettre en place les documents... Le désir de possession, celui de garder pour soi, exclusive et secrète, la moindre information concernant des recherches personnelles : je connais ce sentiment, c'est une passion dangereuse.

Maréchal dégageait un feu qui devait moins tenir au gin, qu'il avait l'habitude d'absorber, qu'à la nature de ces dossiers, si rares et convoités que des gens pensaient à les voler.

Sur la cheminée, un carillon sonna six heures. Sarah prit congé après avoir confirmé son intention de revenir au plus tôt consulter le dossier D'Annunzio. Elle ne préparait pas de thèse, mais s'intéressait à l'histoire de la maison où elle habitait ; Teresa était son seul indice. Le dossier mentionnant un rapport entre le poète et la villa – « Voir à D'ANNUNZIO » – lui permettrait peut-être de reconstituer son passé.

Lui ayant assuré qu'elle serait la bienvenue tous les jours, après quatorze heures, le pharmacien lui remit un document qu'il avait préparé à son intention. L'état civil complet de la villa. Il en possédait de semblables sur une centaine d'entre elles. Sarah avait de la chance, la sienne en faisait partie. Voici ce que la fiche contenait :

Date de la construction : 1885.

Nom de l'architecte : Marcel Ormières.

Propriétaire du terrain : Mme Charles Rhoné, seconde fille et héritière d'Emile Pereire, président de la Compagnie du Midi (décédé en 1875).

Acquéreur du terrain et commanditaire des plans : le baron Iffla Horus.

Il avait occupé la maison jusqu'à la Grande Guerre puis l'avait vendue, en 1922, à un négociant bordelais dont la famille l'avait cédée, quarante ans plus tard, aux parents du mari de cette amie qui la prêtait à Sarah.

Celle-ci, heureuse d'être si bien informée, remercia vivement Maréchal et le complimenta sur ses archives. Iffla Horus… Ce nom avait pourtant l'air de sortir d'une boîte de Pandore. Elle l'analysa. Si elle se fiait à la mythologie, et en particulier au dieu à tête de faucon, il ne pouvait s'agir que d'un nom égyptien. Bien qu'elle n'eût aucune connaissance du calendrier des saints orientaux, Iffla paraissait corroborer cette origine. Mais le titre de baron, accolé au patronyme d'Horus, détonait. Car les barons égyptiens ne courent pas les rues du Caire ni d'Alexandrie. Docteur ou Sir, passe encore, mais baron ? Pour porter ce titre, il faut être allemand, balte ou austro-hongrois… Dans ce mélange bizarre, ce melting-pot étymologique, les Balkans jouaient peut-être un rôle. Une chose était certaine en revanche : le baron Iffla Horus ne pouvait pas être italien !

C'est ce qu'elle avait brillamment conclu après l'exposé de cette fiche d'identité, pour le moins alambiquée.

Le lendemain, comme il s'était remis à pleuvoir, elle passa toute la matinée au lit dans la chaleur des draps. Prenant sur la table de nuit, caché sous la pile des guides, la biographie de D'Annunzio, elle l'ouvrit comme une petite fille gourmande une boîte de chocolats. C'était un péché délicieux d'être couchée à ne rien faire, à lire un livre qui ne servait à rien… sinon à satisfaire sa curiosité (second péché dont elle se rendait coupable) et à lui tenir compagnie.

Dès les premières pages, elle se retrouva à Pescara, petite ville des Abruzzes où était né D'Annunzio : décor des plus frustes et des plus rustiques pour ce chantre de la sophistication. Les Abruzzes, selon le biographe, sont en effet le pays le moins artistique de l'Italie, le moins riche en églises, en œuvres peintes ou sculptées, et dont les paysages mêmes, râpés et sans relief, ont oublié d'avoir du charme. De cette région déshéritée, la famille D'Annunzio l'était encore davantage. Le poète portait à sa naissance le nom de Rapagnetta, ou « petit navet » – légume peu distingué, comme le faisait remarquer Philippe Jullian. Fort heureusement pour la destinée qu'il allait choisir, son père préféra échanger son patronyme roturier contre celui d'un oncle soi-disant armateur. En fait de flotte, celui-ci ne possédait que de grosses barques de pêche. Mais il avait la chance de s'appeler D'Annunzio… Prénommé Gabriele, comme l'Ange qu'il ne devait pas être, le poète fit ses premiers pas sous le double signe de l'annonce. A Pescara, chacun croyait à la force des plus saintes superstitions.

La biographie, d'un style élégant, ne manquait pas d'humour. Aucun romancier n'aurait pu inventer pareilles aventures sans se voir accuser d'invraisemblance. La vie de D'Annunzio était un tourbillon de voyages et d'amours. Doué d'une énergie vitale qui le rendit très tôt irrésistible aux femmes, le poète s'imposait un train d'enfer dans les conquêtes comme dans la création. Sa petite taille, son allure sans grâce et des manières brutales dues à son éducation à la campagne ne l'empêchaient pas de séduire. Son destin aurait pu basculer très tôt dans le sordide : il aurait pu aussi bien être expédié à l'asile ou en prison avant d'avoir écrit le moindre vers, pour les dettes qu'il contracta dès le collège, les adultères innombrables qu'il commit à peine pubère et les détournements de mineures auxquelles il vouerait toute sa vie adoration.

Sarah devrait traverser bien des chapitres, de Rome à Paris, pour se familiariser avec le poète dont elle n'avait encore jamais rien lu, sinon peut-être, au lycée, trois pages de *L'Enfant de volupté*, demeurées dans la brume de son souvenir. La légende de celui que son biographe présentait comme un phare de la littérature de son temps n'était plus qu'un faible halo. Mais son existence, tel un moelleux tiramisu, conservait toute sa saveur. Pour arriver jusqu'au chapitre Arcachon, que Sarah avait aussitôt repéré sur la table des matières, il lui faudrait parcourir plus de deux cents pages. Les premières déjà la captivaient.

On s'y promenait dans des décors merveilleux : Florence, Venise et bientôt Paris allaient lui faire oublier Pescara, sa population de paysans et de pêcheurs. Désormais, il n'y aurait plus autour de Gabriele – on l'appelait maintenant Gabri – que des créatures de rêve, prises dans des voiles ou des boas de plumes, la cheville coquine dans leurs bas de soie. Philippe Jullian décrivait leurs esclandres. Gabriele traînait après lui un climat de scandale. Des hommes en frac et haut de forme le poursuivaient de leurs cannes à pommeau. Des dandys, de jeunes lions qui l'escortaient, tentaient de le protéger. Un jour, ils le porteraient en triomphe. Le monde se pâmerait pour lui.

C'était un récit semé de pétales de roses, au parfum capiteux. Les épines n'y manquaient pas : débiteurs et maris jaloux, maîtresses en colère feraient payer cher au poète un talent sublime pour le bonheur. Sarah partageait déjà l'admiration du biographe pour son (mauvais) sujet : cet homme-là savait vivre. Il n'avait peur de rien. Quand les huissiers frappaient à sa porte, quand les maris le provoquaient en duel, quand les femmes l'attendaient au théâtre avec un revolver, il s'enfuyait. C'est alors qu'il écrivait le meilleur de sa prose, les plus lyriques de ses vers. En changeant de résidence, de Rome jusqu'à Venise, il découvrait des ciels. L'azur, les nuages, le soleil n'étaient jamais pareils. Il observait les nuances, redescendait sur terre pour admirer d'autres prodiges : des champs, des routes, un fleuve ou la lagune. Tout l'enchantait. Surtout, la mer. C'est près d'elle qu'il trouverait refuge, à Arcachon.

Des femmes non plus, il ne se lassait pas. Leur beauté comme celle de la nature le rendait fou d'amour. Pour elles, il n'avait pas de mesure : il se donnait sans frein. Comme au travail aussi. Comme à la littérature.

Sarah, qui trouvait séduisante cette prodigalité, céda comme tant d'autres avant elle au charme du personnage : elle pourrait bientôt se compter parmi les conquêtes de ce don Juan, aussi léger et insouciant, aussi joyeux que Casanova. Rares étaient celles qui lui avaient résisté. Sarah n'était pas loin de les plaindre, ces victimes d'une trop grande vertu, quand elle comprit le comique de la situation : dans ce lit vide, dans ces draps anciens brodés de jours, elle était en train de tomber amoureuse d'un poète disparu, dont le fantôme l'attirait. Prodige de l'imagination.

Quand elle retourna l'après-midi chez Bernard Maréchal, les boiseries étaient refermées, les livres soigneusement barricadés ; seuls les battants des archives avaient été ouverts à son intention. Maréchal lui désigna la table où elle travaillerait, puis les deux étagères de dossiers consacrés à D'Annunzio. Des étiquettes imprimées D'A., aux initiales du poète, permettaient de les reconnaître. Lui ayant recommandé de prendre ses notes au crayon et surtout de ne rien écrire sur ces pièces de musée – consignes superflues mais qu'elle dut promettre de respecter –, il l'abandonna à ses recherches. Dans tout l'appartement, rien ne dérangeait le silence. Un grand silence désert.

Sarah devinait la chaude présence des livres derrière les panneaux de chêne ; sa respiration résonnait dans le salon studieux où des spécialistes de littérature l'avaient précédée, laissant derrière eux une trace sensible de leurs travaux. Des pensées surnageaient dans l'air. Il lui sembla qu'elle revenait des années en arrière, à l'époque de ses études en Sorbonne, dans l'odeur sèche des vieux livres et des vieux papiers. Elle travaillait souvent alors à la bibliothèque Sainte-Geneviève, oubliant de déjeuner, quand un livre la transportait dans un autre monde, plus envoûtant que le réel. De ce penchant pour les contes et les fables, les romans et les belles histoires, elle ne s'était jamais guérie. Elle préférait la vie dans les récits imaginaires. La sienne lui paraissait toujours banale ou bancale, en comparaison. Les personnages de romans valaient à ses yeux les oiseaux et les plantes, les fleurs, les animaux, les arbres, où les gens pensaient quelquefois revivre leur karma. Elle-même, quand on lui posait la question, n'avait aucune envie d'être animal, ni plante ni fleur, ni quoi que ce soit d'autre vivant dans la nature. Pas même au fond un de ces serpents avec lesquels elle partageait le goût des siestes au soleil. Si elle devait un jour habiter un autre corps, elle choisirait une héroïne de la littérature : même la plus malheureuse, une héroïne russe de préférence, comme dans Tolstoï ou Gary. Elle aimait l'idée de se réincarner. Comme une seconde chance, c'était l'espoir d'obtenir enfin ce qu'on n'a jamais pu atteindre. Pour Sarah : une existence passionnée.

Or voilà qu'un poète, également romancier, ce poète qu'elle n'avait pas lu, lui offrait de venir rêver sur son domaine. D'y chercher un puissant stimulus à des désirs qui somnolaient. Sarah avait envie de répondre à cette opportunité. Au contact de ces vies passées, la sienne pouvait peut-être se métamorphoser.

C'est avec cet espoir un peu fou, et le vague sentiment de toucher à un talisman, qu'elle ouvrit la première boîte de la collection D'A. : une trentaine en tout, ce qui, à en croire le nombre impressionnant de chemises serrées et entassées dans la première, devait constituer une bonne centaine d'archives. Vertige !

Lettres manuscrites originales, photocopiées en plusieurs exemplaires, tapées à la machine ou ronéotées. Cartes postales. Pages de brouillon arrachées à un cahier. Le contenu en était éclectique ; un assemblage de pièces dépareillées. Beaucoup d'enveloppes avaient été conservées avec leurs timbres d'origine, agrafées par un trombone aux messages qui leur correspondaient. Dans les mains de Sarah, toutes ces lettres étaient légères. Leurs papiers à peine jaunis, crème, bleu pâle ou rose fanée lui donnaient l'impression que la vie y palpitait encore. Sarah y sentait battre un cœur et circuler le sang. Mirage!

Des écritures ressemblaient à des hiéroglyphes, d'autres à des dictées d'écolière, à traits ronds et naïfs. Il y en avait de nerveuses, des souples, des alanguies et des aguicheuses. Au milieu d'elles, signées Gabri ou Gabriele, Sarah n'eut aucun mal à distinguer celle du poète : traversant les pages avec des majuscules vraiment majuscules, des grâces et des distorsions, en somme aussi extravagante que son personnage, elle ne pouvait se confondre avec aucune des autres graphies : elle était de loin la plus conquérante. Au premier coup d'œil identifiable, elle avait pour signe distinctif la couleur. Le poète, né sur l'Adriatique, utilisait une encre bleu marine.

Philippe Jullian n'avait pas manqué de le souligner dans sa biographie : si l'on écartait la passion d'écrire, la mer était le second tropisme de Gabriele D'Annunzio. Après le sexe.

Sarah survolait les textes. Elle ne souhaitait pas encore plonger dans leurs méandres. L'ampleur du travail qu'elle s'était proposé l'affolait. Combien de jours lui faudrait-il pour dépouiller tout cela ? Ou combien de semaines ? Elle devrait se procurer une loupe pour déchiffrer les écritures les moins lisibles et ajuster une méthode à ce champ de fouilles. Se rappelant qu'à l'Université on lui avait enseigné à lire les textes à travers les mots importants, appelés pompeusement « récurrents » parce qu'ils revenaient sans cesse, Sarah décida d'adopter la même technique et de relever dans tous les documents qu'elle allait consulter, le mot qui, seul, l'intéressait : « Teresa ».

Même en se contentant de parcourir rapidement les lettres, cela lui demanderait du temps – un temps bien plus long que ses vacances. Pourtant elle s'y essaya. Après une heure d'effort, où elle déploya un zèle digne de Champollion aux pires moments de ses travaux, elle n'en avait pas trouvé trace. A côté d'elle, le carnet où elle avait prévu de prendre des notes resta vierge. Puis, sans y prêter attention, elle commença de le remplir de noms propres en les pêchant au hasard dans les innombrables lettres qu'elle parcourait des yeux. C'est à peine si elle se rendit compte que le vrai travail de recherches s'opérait à son insu.

Antongini.

Timbra.

Malatesta.

Ces trois noms étranges vinrent ouvrir le feu. A leur suite, elle inscrivit une adresse :

Le Moulleau, Chalet Saint Dominique.

C'était là que D'Annunzio avait vécu. Il l'avait fait graver sur un élégant papier à lettres, comme s'il voulait la divulguer à tous vents. Un homme qui ne veut pas qu'on sache où il se trouve aurait plutôt écrit sur du papier sans en-tête. Tenait-il vraiment à son incognito ?

A l'époque, le Moulleau, distant d'Arcachon d'environ cinq kilomètres, devait paraître très loin de la Ville d'Hiver. Selon les guides régionaux, il fallait prendre une voiture à cheval pour s'y rendre sur des chemins encore sablonneux. Par comparaison avec la ville cossue et mondaine qui proposait chaque soir des fêtes à ses résidents, c'était une retraite. Un exil très provincial. Sarah, qui connaissait maintenant les débuts débridés du poète, sa fréquentation frénétique des salons, des théâtres et de tous les lieux de plaisir, s'étonna qu'il l'ait choisi et supporté. Au Moulleau, en dehors du château Deganne et du couvent, il n'y avait que des baraques de pêcheurs ; elles devaient lui rappeler son enfance à Pescara.

Après le chalet Saint Dominique, Sarah consigna de premiers prénoms féminins. Elle les relevait dans les signatures ou dans les adresses, mais surtout dans les formules tendres qui ouvraient chaque épître amoureuse : cara, écrivait D'Annunzio, carissima (chère, très chère…), ou bien divina, divinissima (divine, si divine…) Maria, Luisa, Eugenia, Josefina, Leona ou Antonella. Les femmes formaient un long défilé. Sans avoir la moindre idée des personnalités que leurs prénoms cachaient, prénoms aussi désuets pour la plupart que ceux des maisons de la Ville d'Hiver, Sarah s'aperçut qu'ils finissaient presque tous en *a*. Aussi fut-elle déçue qu'il y manquât celui qu'elle cherchait : aucune Teresa ne se décidait à apparaître. Sarah finissait par se demander si elle ne serait pas la femme invisible, dans la biographie du poète. Or, D'Annunzio lui offrait la seule piste sur la voie de la connaissance, qui devait la mener jusqu'à la maison de la Ville d'Hiver. Elle n'en voyait pas d'autre.

Malgré son assiduité, elle en eut bientôt assez de se promener dans le labyrinthe. Les écritures loin de l'éclairer lui apparaissaient comme autant de pièges, de fausses portes d'issue, voire des impasses, de désespérants culs-de-sac. Les pages dansaient sous ses yeux ou plutôt elles tanguaient, lui donnant le mal de mer. L'écriture ivre de D'Annunzio, cette écriture bleue marine, en devenait écœurante à force de rouler, de changer sans cesse de bord. Elle allait chavirer.

Comme on quitte un navire, Sarah abandonna donc les lettres pour la terre ferme : la chemise en carton qui contenait les photographies. Au moins y trouverait-elle des visages et des corps – la représentation presque encore vivante de ces femmes qui avaient escorté le poète tout au long de sa vie agitée.

Avant elles, qui se révéleraient diversement photogéniques, elle découvrit D'Annunzio. Masque à la romaine. Calvitie – le haut de son crâne, ras comme celui d'un moine, étincelait. Maintien cambré. Allure martiale. Philippe Jullian avait dit qu'il était petit – comme Napoléon, dont il prenait souvent les poses, et notamment la main dans le gilet. Sur l'une des photos, il portait un pyjama en soie blanche, qui tenait autant du sarouel que du kimono, à moins qu'il ne fût inspiré d'un suaire : sa tenue habituelle pour vivre à l'intérieur – aimer, dormir ou écrire. D'Annunzio ne manquait de panache sur aucun cliché, ni même dans ces pantalons ridicules. Sarah se demandait s'il les mettait aussi pour recevoir ses amoureuses, quand il les invitait sous son toit. Et si elles parvenaient alors à garder leur sérieux en le voyant surgir dans ce déguisement.

Sur une autre photographie, le poète, qui aimait éblouir ses spectateurs et sans doute aussi s'admirer lui-même dans les miroirs, tel un comédien avant son entrée en scène, arborait un magnifique costume de chasse. Culottes et bottes de cheval. Veste rouge à col officier. Cape jetée sur les épaules. La légende indiquait Il Commandante. C'était le titre prestigieux dont D'Annunzio s'affublait mais aussi celui d'un tableau. La photo, prise au Musée d'Art moderne de Paris, par un dénommé Braun, reproduisait un portrait peint par une artiste de la Belle Epoque : le peintre Romaine Brooks.

Pour toile de fond : l'océan. Les vagues déferlaient dans le dos du poète qui regardait la belle Romaine d'un air conquérant. Une des photos du dossier montrait « la Brooks » – c'est ainsi qu'elle était étiquetée –, élégante et diaphane, dans les bras d'une autre femme. Sarah se demandait comment elle avait pu passer de D'Annunzio à ces amours lesbiennes ou vice versa.

Bizarre, cet intérêt soudain pour des acteurs d'une autre époque ! Où tout cela allait-il la mener ?

Vincent, le soir, n'aurait pas manqué de lui poser la question qu'elle ne se poserait, hélas, qu'à elle-même. A quoi tout cela pouvait-il bien servir ? Tout cela, c'est-à-dire ce bouillon de culture, où mitonnaient des poètes et des femmes légères. Un bouillon indigeste, à la recette compliquée. Sarah entendait Vincent lui répondre : ça ne te servira à rien du tout. Strictement à rien. Impasse !

— Tu gâches ton temps, lui aurait-il dit, ce temps si précieux de la vie !

Il détestait qu'elle se barricade dans ses livres – il en était jaloux. Là, c'était pire encore – des témoignages, des manuscrits, où le temps s'était arrêté. Il n'aurait pas compris son obsession. Ni qu'elle lui réponde que la vie palpitait encore dans ces extraits d'une époque révolue. Incapable de se détacher du mirage de ces figures mortes, Sarah était prête à abandonner les vivants.

Avant de refermer le dossier aux photos, où se bousculaient les silhouettes, elle en retint trois : par exception, il n'y avait aucune femme dans le lot. Mais leur légende levait le voile sur ces trois noms mystérieux, qu'elle aurait pu tout aussi bien ne jamais connaître :

Antongini – c'était le valet de chambre et secrétaire du poète. Son Leporello, avait écrit l'auteur de la note (sans doute, Bernard Maréchal).

Timbra et *Malatesta* – « le couple de ses lévriers préférés ».

Car D'Annunzio – était-ce bien utile de le savoir ? – adorait les lévriers au moins autant que les femmes. Souvent, il choisissait ses amantes pour leur ressemblance avec ces chiens longilignes, stupides et racés.

Les environs de la Ville d'Hiver étaient peu bucoliques. Des hangars, des supermarchés, des rocades les défiguraient. Sarah, s'arrachant enfin au périmètre de son petit monde, avait choisi de profiter d'une belle journée de printemps. Au diable, les langueurs du passé ! Le ciel était clair, l'air débarrassé de l'humidité qui en semblait constitutive et collait aux fibres de la peau. Elle allait visiter le pays, voir d'autres plages et d'autres rivages à l'écart d'Arcachon. Evitant les grands axes, elle suivit en voiture un itinéraire « Bis » qui devait la conduire au Pyla. Le paysage s'affirmait peu à peu, s'approchait de ce qu'il avait dû être avant l'ère du POS et des lotissements.

Quand l'océan apparut, qu'elle put rouler tout près de lui, la marée était si haute que l'eau frôlait la route et semblait devoir y déborder. Puis elle le perdit. Les pins s'épaississaient. La forêt l'encercla. La route se mit à sinuer entre des bancs de sable, comme si la plage s'était déplacée au milieu des arbres et trompée d'horizon. Des parfums balsamiques entraient par les vitres ouvertes, aussi violents que ceux de la lavande en fleur dans les champs de Haute-Provence où Sarah, dans une autre vie, avait passé des étés. Tous ces parfums étaient plus solides et réels que le paysage, qui paraissait tellement fragile et menacé. La pinède était assiégée : l'océan et ses fortes marées, le vent, la pluie qui ravinaient ses terres, elle n'avait pas d'ennemi moins redoutable en l'homme, qui la dévastait au nom de sa géographie urbaine, du confort, du progrès. Mais elle était encore belle et, à quelques kilomètres de la Ville d'Hiver qui luttait chaque jour avec elle pour lui disputer son territoire, elle resplendissait.

Elle s'arrêta pour contempler ces perspectives immenses où le soleil se perdait en traînées de lumière. Les sous-bois, avec leur éclairage glauque, évoquaient des profondeurs marines. Les troncs des arbres étaient tordus, suppliciés, sous la cime ondulante et brunie des feuillages, serrés comme des algues.

Pour Sarah, cet univers mi-marin, mi-terrestre et qui n'était peut-être ni l'un ni l'autre, s'apparentait aux cauchemars qui l'assaillaient régulièrement depuis son arrivée ; des mondes s'y télescopaient. Instable et menacée, elle s'y sentait prise au piège de sables mouvants.

Aussi l'abandonna-t-elle avec un certain bonheur. Au Pyla, il n'y avait que des villas fermées, au milieu des rhododendrons. Comme celles de la Ville d'Hiver, elles n'ouvriraient qu'à Pâques ; derrière les persiennes, la population semblait dormir. Le parfum des vacances avait pourtant survécu à ce grand sommeil. La vie attendait de renaître. Dans les jardins, dont les pelouses étaient méticuleusement entretenues même hors saison, des palmiers et des bougainvilliers rappelaient encore le Sud. Un Sud beaucoup plus vivace que dans la Ville d'Hiver, où toute l'architecture était dérobée au soleil. Au Pyla, on pouvait se croire au nord de l'Afrique, du côté de Tanger ou d'Essaouira. Des odeurs persistantes et sucrées se dégageaient des innombrables médinas.

Au lieu d'aller vers la mer, Sarah gara la voiture dans une des allées, à la lisière de la forêt qui bordait le jardin des dernières villas. En troisième ou quatrième ligne, une dune, plus haute que les maisons de plusieurs étages, formait une barrière en apparence infranchissable – une espèce de mur contre laquelle la ville venait buter. Ce n'était pas un mur protecteur, jugeait Sarah, mais un mur mouvant comme l'était tout à l'heure le sol de la pinède, un mur qui se déplaçait, menaçant les propriétés limitrophes. Sarah l'avait lu quelque part : la dune dévorait les parcelles. Dans cette partie du Pyla, les jardins rétrécissaient au passage des générations. A ce compte, les familles bourgeoises qui s'y étaient établies seraient sans doute un jour dépossédées de leurs biens. La nature reprenait peu à peu le terrain.

Aussi la peur de la dune, telle une pieuvre géante aux effrayants tentacules, s'étendait-elle autrefois jusqu'à Bordeaux : les habitants, saisis d'une véritable phobie collective, craignaient que leur cité ne soit engloutie par les sables, comme la ville d'Ys par l'eau. La flèche de la cathédrale aurait seule émergé de ce nouveau désert, où leurs traces mêmes auraient disparu, autour de 1900...

La pente, inclinée à soixante-dix degrés (d'après les guides que Sarah finissait par savoir par cœur), d'en bas semblait vertigineuse. Pour l'escalader, il fallait s'agripper aux maigres buissons et aux plantes épineuses qui s'y enracinaient. Sarah, qui tenait à escalader la dune, s'enfonçait dans un sol meuble et profond qui lui enserrait les chevilles. Elle luttait pour gagner quelques mètres, perdait prise, dérapait, remontait, glissait à nouveau, plus proche que jamais de la sensation angoissante de ses rêves. Quand elle fut là-haut (à plus de cent mètres au-dessus du sol, d'après ses renseignements), à bout de souffle et les mains écorchées, elle n'en crut pas ses yeux : elle avait atteint le Sahara. Une mer de sable s'étendait devant elle à l'infini. A l'arrière, en contrebas, il y avait la mer. La vraie. Et de l'autre côté, l'océan vert sombre des pins. Entre les deux, doré et fin, ce sable, à perte de vue. Il ne manquait que les caravanes de chameaux et les hommes bleus pour que l'illusion soit totale. Un couple de promeneurs, avec des enfants en bas âge, avait atteint la dune par la plage, un peu plus loin. Ils avaient la taille de lilliputiens.

Perchée sur ce désert, à mi-chemin des nuages, Sarah s'allongea. Elle ferma les yeux sous le soleil pâle. Le sable était froid. Elle entendait le bruit de vagues invisibles et les cris des enfants comme un écho de la vraie vie.

Son rêve alors lui revint et il était si fort, si vrai – tellement plus vrai que la vraie vie – qu'elle se crut à nouveau là-bas, adolescente, sur la plage brûlante où un homme – le seul homme qu'elle eût aimé – l'aimait.

Pour s'arracher à ce mirage qui lui ramenait sous des couleurs violentes l'été de ses vingt ans, et échapper à la peur qui s'emparait d'elle devant l'éclat perdu de ce bonheur, elle repartit vers cet autre passé qui la fascinait – ce passé inédit de la Ville d'Hiver et de la villa où le hasard l'avait conduite. Le hasard, qui a souvent plus d'un tour dans son sac, s'appelait Teresa, mais aussi Gabriele – pourquoi n'aurait-elle pas nommé ainsi l'Ange D'Annunzio, que ses maîtresses appelaient Gabri.

Il n'était pas impossible que le poète eût pu connaître le propriétaire de la villa Teresa, ce baron Horus que mentionnait le document d'état civil de la demeure. Les dates coïncidaient. Quant à la princesse italienne, disparue du fichier, elle pouvait avoir été une des maîtresses de Gabri – l'hypothèse qu'elle fût une parente ou une amie était peu probable. D'Annunzio n'avait pas la réputation d'entretenir avec les femmes d'autres relations que des passions amoureuses. Son donjuanisme était patent. Ainsi que Sarah l'avait appris dans son livre-bible, ses exploits sexuels innombrables, qui avaient eu pour théâtre l'Italie et la France, expliquaient son exil dans les Landes : pourchassé par une tigresse, il était venu se mettre à l'abri. C'était l'été 1910, exactement.

Evitant la Ville d'Hiver, où les gazettes auraient aussitôt divulgué la nouvelle de son arrivée, il avait élu domicile au Moulleau, dans une propriété isolée et fermée par des grilles, où il espérait bien qu'on ne le retrouverait pas. Sarah roulait vers elle. Entouré d'un grand parc qui se prolongeait jusqu'à la mer, le chalet Saint Dominique jouissait d'une vue exceptionnelle sur le Bassin. Mais il était hors de question d'y pénétrer – c'était une propriété privée. Sans doute avait-elle été entièrement réaménagée. Devant les grilles, Sarah en était réduite à imaginer ce qu'elle avait été à la Belle Epoque. D'après ce qu'elle en savait, D'Annunzio y avait déballé son bric-à-brac de fétichiste : faux antiques, sofas et poufs en damas, tentures rouges, encens et brassées de fleurs (surtout des œillets blancs). Une visiteuse anonyme prétendait avoir attrapé la migraine de sa vie en venant prendre le thé, très dangereusement, dans ce site ensorcelé, qui aujourd'hui ensorcelait aussi Sarah.

En juillet 1910, la tigresse que D'Annunzio fuyait était une aristocrate russe : Mme de Goloubeff. Natalia, pour ses amis et sa famille. Le poète, qui donnait des surnoms à toutes ses maîtresses, préférait l'appeler Donatella. Sarah avait aussitôt noté sur son carnet le nom de la Goloubeff – tout nom russe était pour elle promesse de mystère.

A côté de celui de Romaine Brooks, car c'était cette belle et jeune Américaine qui avait eu l'idée de louer la maison du Moulleau. Par qui ? Pourquoi, comment Romaine Brooks connaissait-elle l'endroit ? Sarah trouvait surprenant qu'une Américaine ait pu choisir ce coin perdu, fréquenté à l'époque par les seuls autochtones. Y était-elle venue pour peindre, attirée par les jeux de la lumière et de l'océan, ou pour être sûre de garder tout à elle ce poète insaisissable et fugueur ? Le contrat de juillet 1910, avec le propriétaire du chalet, un dénommé Bermond, marchand de pianos, figurait parmi les dossiers de Bernard Maréchal.

Brooks, qui était une créature douce et paisible, avait elle aussi reçu un surnom : D'Annunzio l'appelait sa « Cenerina » – sa cendre. La traduction avait été surnotée en marge d'une lettre et à l'encre, ce qui avait dû mettre en fureur le rigoureux bibliophile. « De cenere, cendre. » Sarah avait noté ces détails avec amour, comme s'il s'agissait de recueillir les derniers mots d'une morte. Et les avait enrichis de sa lecture passionnée de la biographie du poète, comme si sa propre vie en dépendait. Elle cherchait intuitivement à établir un lien entre ces personnages anciens et sa villa-refuge, dans l'espoir d'éclairer le mystère qui l'entourait. Il l'encerclait au point de lui faire croire à l'épaisseur de sa propre histoire, à la chape de brume qui recouvrait sa vie.

Près de Cenerina, loin des folies parisiennes et italiennes, Gabri trouvait le temps long. D'Annunzio expliquait, en français, à un ami écrivain que Brooks n'était « pas assez chaude » pour l'amour. Elle était même « freda », sexuellement. Pour se distraire, sans craindre les paradoxes, il écrivait un drame : la vie d'un saint. Un Saint Sébastien !

Romaine Brooks, évidemment très blanche, couleur de cendres, et les cheveux (noirs) au vent, sur le fac-similé d'un autoportrait datant de ce séjour au Moulleau, s'était représentée avec une expression désabusée qui avait frappé Sarah. Ce n'étaient ni le regard ni la bouche d'une femme épanouie par l'amour. Amertume chronique ou de circonstance : elle tournait le dos à l'océan que son amant adorait. Elle avait l'air de le bouder.

La Goloubeff, quant à elle, Sarah en avait admiré le buste, moulé par Rodin, sur une carte postale jointe au dossier (provenant de la collection du musée parisien). Ce n'était là qu'un morceau de sa magnifique personne mais un morceau de roi : la Goloubeff avait une poitrine royale. Rodin avait dû apprécier sa puissance animale et son galbe – la comtesse s'était pour lui dénudée jusqu'à la taille. Les épaules, il les avait vues fragiles et le cou gracile, en comparaison. Sous les cheveux relevés, la minuscule tête de la fausse princesse évoquait un oiseau, avec un front étroit, de petits yeux, un petit nez et une toute petite bouche comme un bec aux lèvres entrouvertes. On pouvait imaginer D'Annunzio devant ce dilemme : alors que Romaine Brooks, dans son propre miroir, avait la tête dans les nuages et un corps diaphane, la Goloubeff, terrestre et sensuelle, était tout entière dans ses seins de bronze.

Sarah, au cours de l'après-midi précédent, jour de pluie consacré à ses recherches, était tombée sur une feuille manuscrite, déchirée d'un cahier. Glissée entre les portraits des deux femmes et signée de la main même du poète, écriture repérable aussitôt à ses vagues océanes et à sa couleur d'aigue-marine, elle contenait cette déclaration galante :

« Je suis un porc ailé. »

La station déserte et sauvage où D'Annunzio avait trouvé refuge concurrençait désormais Arcachon, surpeuplé l'été de hordes de vacanciers. Même si les cabanes de pêcheurs avaient à peu près disparu, le Moulleau gardait son cachet du début du siècle et, comme la Ville d'Hiver mais en bordure de l'eau, un charme intact. Le marchand de piano qui y avait fait construire le chalet Saint Dominique, le poète et ses belles égéries auraient certainement pu reconnaître le paysage, malgré quelques immeubles en béton. Le chalet était resté à l'identique et Sarah qui en avait relevé l'adresse, le retrouva sans peine d'après les photos qu'elle avait vues. Elle reconnut son toit festonné, ses balcons, son point de vue spectaculaire, avec l'échappée sur Le Cap-Ferret et, en tout premier lieu, la grille aux pointes acérées qui protégeait son accès. La Goloubeff, renseignée par ses espions et arrivée en hâte de Paris, avait failli s'y empaler.

Elle était prête à tout pour reconquérir son grand amour. Sarah l'imaginait ses jupes relevées, tentant l'ultime escalade. D'Annunzio, terrorisé, avait interdit qu'on la laisse entrer. Enfermé chez lui à double tour, dissimulé derrière ses rideaux, il pouvait la voir s'accrocher aux barres comme une guenon dans un zoo. Sans avoir réussi à apitoyer son amant, la Goloubeff, le premier soir, regagna son hôtel. Mais le lendemain, elle se présenta à nouveau.

Pendant une longue semaine, elle revint quotidiennement au Moulleau dans l'espoir qu'on lui ouvrirait. Elle eut beau supplier, hurler, menacer et même se rouler par terre, D'Annunzio réussit à ne pas céder. Il se mit à dos le voisinage. Les familles du Moulleau, scandalisées, lui en voulurent d'avoir changé en cirque leur petit paradis.

Puis la crise passa. D'Annunzio évita de se montrer. Pendant quelques mois, il resta barricadé dans son domaine avec la Brooks et ses inséparables lévriers qu'il lâchait dans le parc. Il regrettait le beau corps de la Goloubeff et les plaisirs qu'elle lui donnait. Comparée à la Brooks, si freda dans ses bras, il se languissait de sa tigresse. L'amour physique lui manquait. Or, pour lui les deux activités allant de pair, il travaillait mal, il écrivait peu. Philippe Jullian avait consacré de longues pages à ce désastre : à cause de ces deux femmes, son Saint Sébastien traînait.

Devant la grille, Sarah eut l'impression de revivre le drame de la comtesse russe. Car c'est pour elle qu'elle prenait parti. La Brooks lui semblait ennuyeuse ; la Goloubeff l'amusait. Peut-être parce qu'elle était si différente d'elle, devenue si posée, si mesurée avec les années, sa passion l'attirait. Elle se chauffait à ses rayons. Un feu, trop longtemps couvé sous la cendre, se réveillait doucement.

Pendant la semaine où elle donna l'assaut, la Goloubeff ne laissa aucun répit à D'Annunzio. Elle le harcela même la nuit, escortée par des flambeaux ! Son tapage réveillait le quartier. D'accès de colère et de désespoir en crises d'hystérie, elle finit par inquiéter son proche entourage, c'est-à-dire la demi-douzaine de domestiques qui la suivaient partout. Ils alertèrent le vieux comte de Goloubeff. Eminent orientaliste, collectionneur de miniatures, le mari vint lui-même chercher son épouse pour la ramener à Paris, avenue du Bois. Du somptueux hôtel qu'ils habitaient, la comtesse adressait à son amant ces billets éplorés que Sarah avait commencé à lire dans le cabinet de Bernard Maréchal. Elle les signait Natalia, de son prénom de naissance, ou Donatella, de celui que lui avait choisi le poète.

Tout en fuyant la Goloubeff, D'Annunzio s'était séparé de Romaine. Sarah en fut heureuse pour lui. Il l'avait envoyée finir ses vacances au Cap-Ferret, de l'autre côté du Bassin. Avec la mer entre elle et lui, enfin débarrassé provisoirement des pieuvres qui encombraient sa vie, il terminait son séjour au Moulleau dans la seule compagnie d'Antongini et de ses lévriers, qu'il tenait désormais en laisse. Il avait fallu abattre Timbra – la chienne avait mordu la femme du notaire sur le chemin de la forêt.

A la terrasse du Café de la Mer, Sarah contemplait le coucher du soleil. Un ciel rose irisait le Bassin.

Vincent aurait sûrement pris des photos… Il ne se séparait jamais de son Leica. C'était moins chez lui un réflexe professionnel qu'une manière de voir. L'œil vissé à l'objectif, il prétendait que la réalité s'y précisait ou s'y transformait selon le cadrage et le calcul des angles. Elle se demandait ce qu'il aurait vu ce soir, assis près d'elle à cette terrasse déserte, sous le feu artificiel d'un chauffage-parasol. Tout autre chose, sans doute : même devant un ciel, à la beauté indiscutable, leurs points de vue étaient capables de diverger. En somme, ils ne voyaient pas le monde sous le même angle ni le même éclairage. Elle s'expliquait ainsi leur séparation. Si elle lui avait fait part de tout ce qu'elle apercevait, elle, dans ce ciel d'Arcachon – un poète italien, une comtesse russe, un baron égyptien et le fantôme d'une femme inconnue appelée Teresa… –, il aurait probablement éclaté de rire et répondu : nuages, mouettes, formes, volumes. Ils n'étaient pas au diapason. La réalité impliquait toujours son ex-compagnon. Sarah n'avait envie que de la fuir, au moins pour quelques jours.

A quoi bon penser à Vincent ? Le cliquetis d'un Leica ce soir lui aurait été insupportable. Elle préférait jouir du panorama avec ses simples yeux et y regarder jouer, en ombres chinoises, les personnages qu'elle venait curieusement de rencontrer – D'Annunzio et la Goloubeff, Bernard Maréchal et ses vieux livres, Horus et Teresa. Le passé se donnait en spectacle. Il dansait pour elle une espèce de danse du feu. Sur un effort de volonté, elle se débarrassa de l'image de Vincent, qui l'attristait encore trop. Concentrée sur l'étonnant coucher de soleil et son théâtre imaginaire, ce n'était pas si difficile de tout oublier. L'oubli était d'ailleurs un exercice qu'elle pratiquait volontiers, dans sa vie privée.

Sous ses yeux donc, la mer, le ciel s'épousaient. Ils se fondaient l'un dans l'autre, par un prodige de lumière. Le globe rouge du soleil chutait dans l'eau où il allait bientôt disparaître. Sarah, qui vivait dans le gris depuis son arrivée, y vit un signe : le ciel tout à coup s'incendiait. Pourquoi ne pas en profiter pour passer au rose et de là accéder au rouge – ce rouge qui allait comme un gant à la Golou-beff. Rouge flamme, rouge passion.

A ce moment d'exaltation, le soleil plongea et le crépuscule ramena tout le gris – un gris opaque, couleur de solitude et d'ennui.

A côté d'elle, un homme était venu s'asseoir. Il portait un ample pardessus du soir, en laine bleu marine, comme s'il allait dîner en ville. Quand il commanda un verre de Fernet-Branca, boisson en vogue dans les années 1920 ou 1930 et que Sarah croyait disparue des bars, elle entendit qu'il roulait les *r*, à la manière des gens de l'Est. Etait-il polonais, hongrois ou russe ? La colonie russe, qui avait connu les beaux jours de la Ville d'Hiver, n'était plus exactement la même aujourd'hui mais continuait de priser le climat océanique et doux, qui la reposait des rigueurs de Saint-Pétersbourg, de Kiev ou de Moscou. La Golou-beff, Sarah ignorait d'où elle pouvait venir… D'Annunzio l'appelait sa Caucasienne ou sa Perle du Caucase. Etait-elle originaire de

Géorgie ou d'Azerbaïdjan, ou encore arménienne, née à Tiflis ou au bord de la mer Noire ? Quel pouvait être son nom de jeune fille ? Sarah soupçonnait D'Annunzio d'avoir voulu parer sa maîtresse d'une légende orientale, autrement plus exotique et mystérieuse que celle de la Russie blanche.

La main posée sur un livre fermé, l'homme venu s'asseoir près de Sarah regardait lui aussi la mer, où plus rien pourtant ne s'offrait au regard qu'un écran laiteux. Sarah frissonna quand l'homme se tourna vers elle. Il avait des yeux étrangement clairs. Il se leva alors puis, tenant son livre à la main, s'en alla à calmes enjambées vers la mer.

Sarah regarda sa silhouette s'éloigner. Pourquoi cet homme, à peine entrevu, réveillait-il ses rêves ?

Comment la ramenait-il à ce passé perdu, toujours vivant, qui ne cessait de la torturer ? Alors qu'elle cherchait à le fuir par tous les moyens, depuis qu'elle avait vingt ans.

« Princesse ! »... « Principessa ! »

« Ma princesse ! »... C'est ainsi qu'entre autres petits noms d'amour D'Annunzio appelait la Goloubeff. Elle n'était pourtant que comtesse mais il lui fallait embellir ses maîtresses, les parer de vertus imaginaires, même quand elles ne les méritaient pas. Sans doute son port de tête, son allure, sa démarche lui valaient-ils son anoblissement. La Goloubeff était princesse par décret naturel ; elle assumait d'instinct ce faux titre qui la résumait tout entière et l'habillait comme un gant de satin. Sur les photos que Sarah avait pu voir chez Maréchal, elle était repérable au premier coup d'œil. Impossible de la confondre avec le reste de la cohorte de femmes qui se bousculaient dans la vie du poète – Bernard Maréchal avait réuni une quantité impressionnante de clichés en témoignant. La Goloubeff se distinguait du troupeau.

« Princesse ! »

Le compliment n'en était pas toujours un. Sarah en savait quelque chose. Ce pouvait être une critique ou un reproche. Depuis qu'elle était enfant, elle l'avait souvent entendu prononcer à son encontre, avec dans la voix une tout autre nuance que celle, délicieuse, dont D'Annunzio devait infléchir son « Principessa »... Ses parents, ses amis proches, quelques-uns de ses amants l'employaient pour le lui jeter à la tête. Il paraît qu'il la résumait aussi.

Sans pouvoir se vanter de la beauté d'une Goloubeff, elle le reconnaissait volontiers : elle avait comme elle une manière de se comporter, de marcher, de se tenir très droite, qui pouvait plaire ou agacer. Mais plus souvent, agacer. Elle était née comme ça. Rien, ni une éducation sévère, ni les échecs professionnels ou sentimentaux, ni sa propre volonté de s'amender, n'avait pu corriger ce défaut. Princesse, elle resterait sans doute jusque sur son lit de mort, avec cet air hautain dont elle ne se séparait jamais, et ce mépris instinctif des contingences ou des médiocrités – tout ce qui fait la vie quotidienne.

Sarah savait le ridicule d'être une princesse aujourd'hui, ou de paraître en être une. C'était une faute contre l'esprit démocratique contemporain. Une survivance d'Ancien Régime, comme la Goloubeff. Seul un poète pouvait aimer cette excentricité. Cette faute de goût.

Ou bien un homme russe.

A en croire le professeur de Bordeaux, auteur du guide sur la colonie étrangère de la Ville d'Hiver autour de 1900, l'exceptionnelle beauté des femmes russes était légendaire – les sultans turcs, grands connaisseurs, recrutaient les perles de leurs harems à Kiev, du temps de l'Empire ottoman. Elle pouvait justifier leurs folies, leurs excès et conduire à leur perte les hommes qui les courtisaient. Il ne devait pas y avoir d'être plus dangereux au monde qu'une « princesse » russe.

Surtout quand elle est douée pour l'amour.

Enfermée dans le cabinet de Bernard Maréchal, où la lecture des lettres inédites et la consultation des dossiers lui rappelaient ses années d'étudiante, Sarah pénétrait au cœur d'une passion.

Avant de se lasser de la Goloubeff, D'Annunzio avait été fou de la Russe. Fou d'elle physiquement. Des lettres signées de la grande écriture bleue, envoyées chaque jour, en témoignaient. Sarah, qui aurait pu les trouver comiques (à cause de leur lyrisme exagéré), ne parvenait plus à s'en détacher.

« Ah ! cet étrange hennissement rauque, ce doux son sauvage qui montait de votre gorge...

J'ai l'âme âpre et dédaigneuse... Ta bouche divine faisait mon corps divin... La nuit, dans mon travail, j'ai senti sur ma poitrine les dures pointes de tes petits seins. Le jour, dans mon sommeil, ta chaude bouche me parcourir... »

Il y en avait de plus rudes et de plus directes avec des allusions au sillon, à la rose et au suc, toujours « divin », qui coulait « de vertèbre en vertèbre ».

« Je meurs du désir de mordre ta nuque et de m'enivrer de ton odeur... »

Il y avait encore cette phrase, isolée sur la feuille jaunie. Il l'avait, paraît-il, glissée sous la porte de la chambre d'hôtel où la comtesse prenait un repos mérité :

« Ah ! la saveur des aisselles ! »

Les lettres de la Goloubeff, également passionnées, traduisaient surtout le désespoir d'être trahie. Elle souffrait jusqu'à l'hystérie. Le poète, lui, savait rester léger dans l'amour. Ses billets érotiques enflammaient l'imagination de Sarah. D'Annunzio avait-il été l'amant incomparable que se disputaient ses maîtresses ? Il n'hésitait jamais à se mettre en scène dans des scénarios dignes du kama-sutra : « Mes entrailles brûlent », écrivait-il dans un de ses plus pudiques messages.

Comment Bernard Maréchal avait-il réussi à se procurer les lettres que les amants avaient échangées ? Comment n'avaient-elles pas été détruites par l'un des protagonistes ou leur postérité ? Et par quel miracle étaient-elles regroupées dans cette province, pour y reconstituer les minutes d'une histoire d'amour ? Il avait fallu des années et beaucoup d'obstination pour parvenir à réunir cette collection au caractère si intime. Sarah supposait qu'il y avait d'autres lettres dispersées dans le monde, notamment en Italie où les travaux de Guy Tosi sur le poète étaient fameux – des extraits de ses divers ouvrages (D'Annunzio et la France, D'Annunzio en Grèce, D'Annunzio et la société florentine ou encore Barrès regarde D'Annunzio) étaient souvent joints sous forme de fiches à tel ou tel document original, pour résumer la vie de la personne concernée ou apporter un éclairage sur un point demeuré imprécis. L'une d'elles expliquait en un court paragraphe que « la rose » dans le vocabulaire d'annunzien désignait le sexe féminin et ne devait pas être confondue avec la jonquille, sur laquelle la fiche n'apportait cependant aucune information.

Quant à l'érotisme du poète, décrit comme imaginatif et enfiévré – Sarah l'aurait deviné ! –, il était lié à ses phases de fièvre et de création. Selon une autre fiche, la Goloubeff aurait été la plus chaude de ses maîtresses et la plus docile à ses caprices. Elle se prêtait aux jeux les plus savants : « elle faisait tout ce qu'il voulait. »

Ses lettres, D'Annunzio les signait *Gabriele* mais ses lettres érotiques *Gabri* ou, plus poétiquement, *Stelio* ou *Elabami* d'après des personnages de son œuvre. Obscène ou pornographe, le poète restait poète.

Pour Sarah, la conclusion de ce travail qui jetait une lumière incandescente sur des amours secrètes, c'était que la Goloubeff n'avait jamais résidé à la villa Teresa. Elle ne pouvait plus avoir de doutes : la comtesse avait posé ses bagages au Grand Hôtel du Moulleau, avec sa nombreuse suite – ses domestiques, ses fils (car elle avait deux fils du vieux comte de Goloubeff) et ses chiens. Elle partageait avec D'Annunzio un attachement quasi pathologique pour les lévriers. Le poète, d'ailleurs, aimait bien avec elle jouer au chien : « J'ai toujours dormi couché en rond, à vos pieds, comme le lévrier. De temps en temps vous mettiez dans ma bouche votre orteil écarté… »

Quant au poète, qui avait passé la semaine où la Goloubeff lui donnait l'assaut, enfermé dans son chalet Saint Dominique, il n'avait pas mis un de ses précieux orteils dehors. S'il avait séjourné à la villa Teresa, ce n'était donc pas avec elle, mais avec une autre de ses maîtresses (qui n'était pas Romaine Brooks, puisqu'il l'avait également renvoyée). Il valait mieux ne pas poursuivre sur la piste de la Goloubeff... Pourtant, Sarah n'avait pas envie de quitter la comtesse russe. Elle la trouvait très émouvante avec ses chantages au suicide, ses accès de chagrin en public et ses chapeaux à plumes qui accentuaient ses airs d'oiseau. Seuls les chiens la comprenaient : ils seraient ses derniers fidèles quand, à la fin de sa vie, ruinée et misérable mais toujours incapable de se donner à moitié, elle se consacrerait tout entière à l'élevage d'une meute.

La Goloubeff éliminée, demeurait cependant l'hypothèse D'Annunzio. Car Gabri – c'est ainsi que Sarah pensait désormais à lui – avait si bien prolongé l'été 1910 qu'il était encore au Moulleau à l'automne, puis à Noël, puis à Pâques de l'année suivante, et encore là l'été d'après... Coupé de brefs séjours à Paris, Le Moulleau était même devenu sa résidence principale : il y était resté jusqu'à la guerre de 1914, c'est-à-dire près de quatre années !

Comme il n'aurait pas supporté plus d'un jour et une nuit sans amour, il avait dû multiplier les occasions. Liaisons ancillaires ou adultères avec les bourgeoises désœuvrées d'Arcachon, visites d'amies parisiennes ou italiennes, belles étrangères… Il ne violait pas les femmes. Les plus farouches lui cédaient immédiatement. Comme l'écrivait son biographe, elles ne savaient pas lui résister. Il se pouvait très bien qu'il y ait eu parmi elles une Teresa.

Gabri n'était pas beau pourtant. Les épaules étroites, chauve et myope, il s'habillait comme un rastaquouère et avait une voix vulgaire. Ses propos étaient toujours exagérés, comme dans ses romans, et sa galanterie sonnait faux. Mais sa vraie nature plaisait : il possédait le fluide animal. Le poète était une bête des bois. Un fauve, qui avait faim de chair fraîche. Il n'avait pas un type de femmes. Rien qu'à feuilleter les photos, Sarah voyait bien qu'il les aimait toutes : les maigres et les grasses, les naines et les géantes, les moyennes aussi, les brunes, les rousses, les blondes, les nobles, les bourgeoises et les filles du peuple. Le défilé était inénarrable. Dans la collection de Bernard Maréchal, beaucoup de femmes demeuraient anonymes, dans leurs fourrures ou avec leurs ombrelles. Il y en avait de somptueuses, en lamé d'or ou d'argent. Et d'autres, avec un tablier de femme de chambre ou une corbeille de blanchisseuse. D'Annunzio avait-il lui-même gardé la trace de ses amours ? Ou fallait-il admirer dans ces archives le patient travail de reconstitution, auquel le bibliophile avait consacré une grande partie de son temps et de sa fortune ? Sarah décida qu'elle se contenterait de dénombrer celles qui avaient écrit au poète. Sans se perdre dans les détails des lettres, le relevé minutieux des signatures l'aiderait peut-être à trouver la princesse perdue du dossier.

C'est ainsi qu'elle se constitua une longue liste de prénoms féminins. Donatella et Cinerina venaient en tête, suivies par des Eleonora, Ida, Maria, Luisa, Maria-Luisa, Barbara, Alessandra, Amaranda...

Sarah dressa des statistiques.

Eleonora/////

Ida///

Maria////////////

etc.

Quelques prénoms français comme Marthe (la princesse Bibesco) ou Cécile (Cécile Sorel) interrompaient la succession chantante de tous ces *a*. D'Annunzio s'empressait de les rebaptiser à l'italienne.

Sarah reportait leur état civil dans une colonne séparée, en essayant de faire coïncider noms, prénoms, surnoms et titres éventuels. C'était une tâche minutieuse où l'écriture pouvait jouer des tours – certaines correspondantes changeaient d'encre et de style comme d'humeurs. Il y avait parmi elles un nombre inouï d'aristocrates : une kyrielle de comtesses (les plus nombreuses) et, en pourcentage décroissant, des duchesses, des princesses, des marquises. La Mancini, la Mondadori, la Casati, la Massari, la Rudini, la Sermonetta... La Casati (marquise) était Luisa, encore qu'il y eût aussi une certaine Luisa Baccara (roturière). La Rudini (duchesse) était Alessandra. La Massari (également duchesse), il la surnommait sa Carbonilla, parce qu'elle était très brune, Sarah ne trouva jamais son vrai prénom. Quant à la Sermonetta (duchesse encore), c'était son petit oiseau d'Assise, allez savoir pourquoi... Les noms italiens dominaient, suivis de près par quelques noms français prestigieux : Greffulhe et Gramont, Noailles et Rohan faisaient partie du trophée de chasse.

Le snobisme de Gabriele D'Annunzio l'entraînait à choisir des maîtresses au sang bleu.

Ne manquaient à son palmarès que les baronnes. Aucune baronne Horus en tout cas dans le butin d'amour. Et aucune Teresa.

Sarah, désappointée, y trouva pourtant la lettre d'une reine : c'était une Savoie-Gênes, l'épouse du roi Humbert. Elle signait Marguerite, mais peut-être n'était-elle qu'une admiratrice du poète, en tout bien tout honneur. Bernard Maréchal avait donné à cette lettre un emballage spécial : enfermée sous plastique mais bordée d'un filet d'or comme il sied à une altesse royale, elle se trouvait classée dans le dossier IV, entre deux paquets de lettres de la Duse.

La célèbre comédienne italienne, rivale de Sarah Bernhardt, comptait en effet parmi les proies du fauve. Elle s'appelait Eleonora, mais Gabri, sur on ne sait quelle inspiration, l'avait rebaptisée Ghisola ou Ghisolabella, de sorte que Sarah avait d'abord distingué trois femmes avant de comprendre qu'il s'agissait de la même. Pour D'Annunzio aucune femme n'était simple ni une ; il fallait toujours qu'il les réinvente, même si elles affichaient un caractère déjà aussi sophistiqué ou romanesque

que celui de la Duse. A Venise, Eleonora-Ghisola-Ghisolabella avait failli rendre l'âme sous les assauts violents de la bête – c'était une fragile, peut-être une frigide, qui gardait ses forces pour ses rôles au théâtre. D'Annunzio lui en écrivit beaucoup avant de la trahir pour d'autres comédiennes moins sublimes. Sensuellement, il s'était découragé : il aimait que les femmes partagent son plaisir. La Duse, malgré tout son talent, ne valait pas la Golouboff au lit.

Il y a un envoûtement dans la lecture des vieux papiers. A condition de pouvoir s'y consacrer, le temps s'arrête, les soucis s'éloignent ; il se crée une mystérieuse intimité avec des personnages qu'on n'a pas connus mais qui finissent par prendre une place plus importante que les vivants. Leur monde devient votre monde, leurs vies vos vies. C'est un sentiment confortable, car on n'a plus d'heures ni d'obligations extérieures, tout ce qui était jusque-là si important pour vous s'efface, et il n'existe plus rien que ces lettres, ces documents…

Sarah en était à refermer la quatrième boîte et à constater une fois de plus qu'elle n'avait toujours rien appris sur la dénommée Teresa, dont la fiche indiquait pourtant un lien avec le poète. Elle espérait qu'il ne lui faudrait pas aller jusqu'à la cinquantième pour le découvrir… Quand, vers la fin de l'après-midi, au moment d'ouvrir la suivante, un hurlement retentit au fond de l'appartement.

C'était une voix stridente de jeune fille ou de très jeune femme : « J'en ai marre de toi, de tout ! »

La porte d'entrée claqua, faisant paraître d'autant plus vide le silence qui suivit. Sarah, en sursautant, s'était détachée de ses archives et ne parvenait plus à y revenir. Déconcentrée, le cœur battant, elle guettait le retour de la voix en colère ou au moins une réaction de la personne qu'elle venait d'insulter. Ce ne pouvait être que Bernard Maréchal. D'après ce qu'elle en savait, personne d'autre n'habitait l'appartement. C'était d'ailleurs la première fois qu'elle distinguait une présence. Après l'avoir accueillie, Maréchal disparaissait et il était entendu entre eux qu'elle tirait la porte derrière elle, une fois son travail terminé. Ils ne se revoyaient pas. Seuls des pas feutrés lui parvenaient parfois mais, dans l'ensemble, rien ni le moindre échange de paroles ne dérangeait sa complète solitude. Au point que les personnages des dossiers pouvaient lui apparaître comme les seuls vivants.

Le cri lui était familier. C'était en fait sa propre voix qu'elle avait cru entendre – elle avait quinze ou dix-huit ans.

« J'en ai marre de toi, de tout ! »

Combien de fois ne l'avait-elle pas hurlée elle-même cette phrase, quand l'autorité de ses parents l'exaspérait ? Adolescente, elle se heurtait sans cesse à sa mère, qui l'obligeait à se nourrir, à avaler de force des verres de lait, et ne supportait pas sans doute de la voir dépérir. Mais c'était le père qui exerçait sa tyrannie, en restreignant les sorties, les heures de couvre-feu et en interdisant à sa fille toutes les soirées où l'on s'amuse. Elle leur résistait comme elle pouvait : par l'anorexie. Et par des projets insensés qu'elle arrivait à mettre sur pied, grâce à des mensonges de plus en plus organisés, de plus en plus subtils. Mais quand le poids de leur tutelle l'écrasait, quand elle ne pouvait rien faire d'autre que se soumettre à leur volonté, alors elle avait de ces réactions incontrôlées. Elle écumait de rage, claquait les portes elle aussi, frappait les murs et s'en allait en hurlant qu'elle en avait marre, d'eux et de la vie.

La peur qui pesait sur elle et la forçait à se soumettre disparaissait dans ces crises. La peur, sa plus mauvaise conseillère, son ennemie... Elle venait de la retrouver, en entendant ce cri. Sa gorge s'était nouée ; les pulsations de son cœur lui avaient rendu les blessures intactes. Elle s'était immédiatement sentie solidaire de la jeune fille inconnue qui s'était révoltée contre plus fort qu'elle. Elle avait claqué la porte, en même temps. Et ses mots, c'étaient bien les siens.

Ses doigts tremblaient quand, au bout de quelques minutes, n'entendant plus rien, elle se mit à feuilleter distraitement quelques lettres. Elle recouvrait peu à peu son calme. Le passé – son passé – allait regagner sa place au fond de sa mémoire ; elle espérait qu'il la laisserait en paix. Elle n'aimait pas le goût de l'amertume. Or, sa vie avait pris un goût amer. Comment ne lui aurait-elle pas préféré ce passé qui ne lui appartenait pas, ce passé scintillant et charmeur, où les scènes les plus effroyables et les crises les plus âpres la laissaient spectatrice d'un autre malheur ? Ce passé-là, celui de D'Annunzio et de ses multiples princesses, tellement moins âpre que le sien, au moins soignait son âme. Il lui faisait du bien ; il était son ami.

Sur la couverture du dossier VI, se détachait un mot, latin ou italien, qui lui parut amputé d'elle ne savait pas quoi :

Curiosa.

Sarah se murmura ce prénom de femme qu'on aurait injustement raccourci : « Curiosita »...

Qui peut rêver s'appeler Curiosa ?

Vincent aurait aimé les photographies qu'elle y découvrit. Classées sous cette appellation mystérieuse ou savante, elles mettaient en scène des jeunes filles en tenue d'Eve qui se ressemblaient étrangement. Sarah leur donna entre seize et vingt ans. Elles étaient brunes, sans exception, avec d'épaisses chevelures qui, défaites, leur tombaient jusqu'à la taille ; elles la ramenaient parfois sur elles comme un manteau. Debout, assises, ou allongées, elles avaient posé avec un naturel déconcertant, même sur un piano. Aucune n'avait l'air de s'ennuyer ou de regretter d'être là. Elles souriaient au photographe, d'un air désinvolte et coquin.

Les photos n'en paraissaient que plus choquantes car ces jeunes filles, à peine nubiles, s'offraient en toute impudeur. Sans cacher quoi que ce soit jusque dans le mouvement de s'envelopper dans leur manteau de cheveux, elles affichaient les parties les plus secrètes de la femme comme si elles n'y attachaient aucune importance. Leur ingénuité était ce qu'il y avait de plus aguicheur et de plus arrogant.

Des falbalas de jupons abandonnés sur une chaise, une ombrelle et des bottines dans un coin dataient ces clichés mieux encore que leur couleur fanée. C'étaient probablement des jeunes filles d'avant la guerre de 14-18. Des mannequins de la Belle Epoque. Cette Belle Epoque de D'Annunzio et de ses égéries. Sans l'évidente patine des papiers, elles auraient pu tromper sur leur âge : la ligne de leurs corps était aussi épurée qu'aujourd'hui, les poitrines menues, les hanches masculines. Les filles avaient été choisies en fonction de critères précis, pour répondre sans doute à une commande spéciale. Professionnel du portrait nu, fournisseur de clients amateurs de pornographie, ou pornographe lui-même, le photographe avait pris des centaines de clichés de ces clones de la même nymphette. Proies consentantes ou victimes offertes, un défilé pour nourrir les fantasmes d'un obsédé sexuel. Un amateur de chair fraîche.

Sarah allait refermer le dossier avec dégoût et même avec un sentiment de culpabilité. Elle se sentait coupable de regarder, coupable de détailler tout ça… Mais elle s'attarda encore car elle venait de trouver, égarée au milieu de cet amoncellement de jeunes corps, une carte postale des plus sages : une très vieille photo du Pyla. Sans nom de destinataire (l'enveloppe manquait), elle ne contenait qu'un bref message anonyme. D'une écriture enfantine, à l'encre violette, on avait écrit :

« Je passe de bonnes vacances. Je m'ennuie un peu. Je t'aime toujours », et signé de trois étoiles, comme trois yeux :

*
* *

Bernard Maréchal l'invita un soir. Elle se rendit chez lui vers huit heures et ne pénétra pas cette fois dans la bibliothèque où elle venait travailler. La porte en était entrebâillée. Maréchal recevait dans les pièces contiguës, qu'elle découvrait. Ensemble cossu, sans originalité. Il lui fut difficile de se frayer un passage dans la cohue. Les gens se pressaient comme sardines en boîtes. Tenues sombres, cravates de soie pour les hommes. Tailleurs pimpants et bijoux pour les femmes. Un garçon en gants blancs passait des plateaux de petits fours et des coupes de champagne. Sarah se demanda si sa robe noire n'était pas un peu deuil pour l'occasion. Dominant ses invités de sa haute taille, Bernard Maréchal s'avança à sa rencontre :

— Chère amie (il l'appelait ainsi pour la première fois), vous êtes ici chez vous.

Il l'entraîna parmi ses hôtes. Elle serra des mains, tout en se sentant complètement étrangère à cette espèce de grande famille que représente une communauté à laquelle on n'appartient pas. Elle échoua près du buffet. Canapés au saumon et aux asperges, rien que de très conventionnel. A l'exception d'un somptueux bouquet de fleurs blanches – des lis, qui embaumaient.

Elle engagea une conversation avec un couple de professeurs au lycée de Bordeaux – lui d'histoire-géographie, elle de philosophie –, qui croyaient avoir affaire à une consœur de l'Université. Bernard Maréchal leur avait dit que Sarah préparait une thèse sur D'Annunzio et la Ville d'Hiver. Elle préféra ne pas démentir. Comment expliquer que ses travaux, plus proches de l'enquête policière que de l'étude littéraire, s'apparentaient davantage à une filature ? Si elle n'avait pas encore défini le but de sa recherche, elle pressentait en effet que les personnages la conduiraient à une vérité – comment l'avouer ? peu lui importait laquelle.

Le professeur de philosophie, qui triturait les perles d'un ravissant collier de corail, semblait posséder une connaissance parfaite de l'œuvre de D'Annunzio. Croyant s'adresser à une spécialiste, elle lui parla immédiatement du traducteur français du poète, comme d'une vieille connaissance. Georges Herelle avait été lui-même professeur de philosophie (au Havre) – d'où peut-être son propre intérêt – avant de se consacrer à son travail de traduction. D'Annunzio, qui parlait si bien français qu'il était capable de composer des poèmes à l'imitation de Ronsard ou de Charles d'Orléans, voire de Jean Lorrain ou de Robert de Montesquiou, reprochait à Herelle, devenu son ami, de réécrire ses livres. Et en particulier de les

« désérotiser » (selon le professeur de philo) – Herelle était pudique et même pudibond.

Le mari du professeur, professeur lui-même, approuva de la tête. Malgré son allure de cinquantenaire post-soixante-huitard, la plus éloignée du dandysme du poète, malgré ses cheveux longs et son costume sans couleur, il semblait tout aussi d'annunziste (pour parler comme eux) que son épouse ; les problèmes de traduction le passionnaient aussi :

— Son traducteur anglais, Arthur Symons, dit-il, a été beaucoup plus respectueux du texte. Il n'a rien gommé des soi-disant « cochonneries » de l'Italien, mais il a été moins inspiré et moins poète qu'Herelle. Car, tout pudibond qu'il fût, Herelle a parfaitement rendu le rythme sensuel et fougueux de cette prose.

Sarah allait leur demander si à Arcachon tout le monde connaissait aussi bien la littérature italienne, quand une autre amie de Bernard Maréchal les rejoignit. Cette femme encore très belle, la soixantaine, avec des cheveux flamboyants, teints probablement, et une gouaille chaleureuse, avait été conseillère municipale dans l'équipe de l'ancien maire. Egalement férue d'ornithologie – passion qu'elle partageait avec le professeur d'histoire-géo –, elle rédigeait un rapport sur les hérons cendrés, en perdition dans cette région qui en comptait autrefois de vastes colonies, et votait vert aux élections : les grands échassiers, disait-elle, valaient bien qu'on se batte pour eux. La conversation s'orienta vers le banc d'Arguin et l'île aux Oiseaux. Pourtant, mêlé au paysage local, au point qu'on ne pouvait l'en dissocier, la figure éclatante du poète italien continuait de se dessiner sur le fond grisé du ciel et de l'eau. Le professeur, Sarah ne se souvenait plus si c'était elle ou lui, les avait fait rire en évoquant l'une de ses excentricités. D'Annunzio aimait sillonner le Bassin à bord d'une pinasse noire, qu'il avait agrémentée de voiles blanches et baptisée Le Bucentaure. Quant à ses marins – tout un équipage ! –, il leur avait rapporté de Venise d'authentiques costumes de gondoliers. Sur les vagues du Moulleau, il entretenait sa nostalgie d'une autre lagune, à peine moins chatoyante et dangereuse.

Car les tempêtes sont toujours à redouter.

— Le Bassin est traître, dit le professeur d'histoire-géographie. Beaucoup de bateaux, au lieu d'éviter les passes, s'y ensablaient. La construction du phare du Cap-Ferret n'a pas empêché – et n'empêche toujours pas – les imprudents de faire naufrage.

A quelques pas, tandis qu'elle écoutait rêveusement parler des dangers des passes et de l'océan, des adeptes de voile, qui pratiquaient ce sport à un niveau de compétition, évoquaient leurs dernières régates.

La dame aux oiseaux racontait les vols migrateurs qui amenaient chaque année vers le Bassin le peuple des hérons cendrés. Elle citait des gorges bleues et des goélands, des mouettes rieuses, tandis que d'autres voix répondaient en écho – « en 1996, aux Sables-d'Olonne… ou en 1999, au Vent des Globes… » –, mêlant des tonnages et des voilures à des exploits de traversées périlleuses.

Soudain, une silhouette atypique, qu'elle n'aurait pu confondre avec aucune autre, attira son attention. Dans une robe rose très courte qui moulait sa poitrine à la Jane Birkin et ses hanches de garçon, la jeune fille était d'une maigreur extrême. On voyait les côtes à travers le tissu. Ses longs cheveux noirs encadraient un visage de vierge Renaissance, ravissant s'il n'avait été creusé par un régime de famine. Sa bouche charnue était peinte de la même couleur de bonbon que la robe et, comme son oreille, la lèvre inférieure était percée d'un anneau.

— Ma fille Agathe, dit Maréchal qui semblait l'avoir attrapée au vol.

Elle ressemblait à un grand échassier, qui se serait égaré trop jeune encore loin du nid.

— C'est son anniversaire, ajouta Maréchal avec fierté. Elle a seize ans aujourd'hui.

La jeune fille restait silencieuse. Elle jeta un regard hostile à son père et haussa ses épaules osseuses. Sarah la vit s'éloigner sur ses longues pattes d'oiseau héraldique ; à nouveau, son cœur se serra. L'adolescente venait de rejoindre dans l'embrasure d'une fenêtre un homme de haute taille, au visage plus mat et plus sombre que celui des marins du Yacht Club, bronzé par les régates.

Elle n'eut pas le temps de poser la question. Bernard Maréchal qui avait suivi son regard lui répondait déjà :

— André est un ami. Voulez-vous que je vous le présente ? C'est un chercheur. Je veux dire un scientifique. Un spécialiste de médecine nucléaire. Il donne des cours en Amérique… Agathe l'adore. C'est la seule personne ici qui trouve grâce à ses yeux. Depuis son arrivée, elle a pris cinq cents grammes, c'est vous dire l'influence qu'il a sur elle.

Puis il l'abandonna, avec une expression déprimée qui frappa Sarah, pour aller s'occuper d'autres invités. Doucement, elle marcha vers l'autre pièce. L'homme à qui parlait Agathe se retourna ; elle croisa le regard de ses étranges yeux clairs. Il lui adressa un signe de la tête, il l'avait donc reconnue. Quoique discret, presque imperceptible, Agathe surprit leur échange. Elle se rembrunit. Toisant son aînée avec arrogance, comme si elle allait la provoquer, elle s'empara du bras du savant nucléaire, le poussa dans la bibliothèque et referma la porte sur eux.

— Notre ami est russe, comme l'était ma femme, dit Bernard Maréchal.

Revenu sur ses pas, il n'avait rien perdu de ce manège et regardait Sarah d'un air très malheureux. Elle l'avait pris pour un homme froid et insensible, aguerri aux souffrances humaines à cause de son passé en blouse blanche : erreur totale de jugement.

Maréchal poursuivit, comme s'il avait soudain besoin de se confier :

— Il parle à Agathe du pays de sa mère.

Les icônes, les samovars… Il lui apprend des mots russes. De là, je crois, son attachement.

Sarah pensa aussitôt : « la petite est amoureuse. »

Elle découvrait qu'elle l'était aussi, à son propre étonnement.

Sensation de peur.

Sensation d'oubli.

La peur, ce sentiment familier, qui tapissait son âme depuis tant d'années, trouvait dans la maison prétexte à rejaillir. Ouvrir la porte d'entrée de l'immense villa, pénétrer dans le vestibule sombre et glacé, monter les étages jusqu'à sa chambre sur les parquets qui craquaient à chaque pas et gémissaient comme des personnes : autant d'épreuves, surtout le soir, quand la solitude de sa vie lui paraissait alors écrite sur les murs froids.

L'oubli, c'était le vrai fond de sa mémoire. Un vide sidéral. Il en émergeait des images, toujours les mêmes, de son enfance au soleil – le Maroc, l'été en France, les plages des vacances ; d'autres, moins anciennes, liées à l'Université, à des amitiés de ses années d'étudiante. Ses amants s'estompaient dans le magma de ses souvenirs – elle songeait peu à eux. Une fois la rupture consommée, le détachement s'opérait avec une extraordinaire fluidité ; ils s'effaçaient. Vincent, elle n'en doutait pas, finirait lui aussi dans ce puits noir où elle mettait tant de hâte à voir disparaître ce qui la blessait.

Trop de liaisons passagères, souvent décevantes, avaient meublé le vide. Le vide incomblable de toute sa vie.

Puisque rien ne l'appelait nulle part, elle décida de prolonger son séjour à Arcachon. Un lien mystérieux, plus puissant chaque jour, l'attachait à cette demeure qui bruissait de vies antérieures.

Dans cette atmosphère hantée, des mirages pouvaient survenir. Un soir que dans sa chambre – refuge contre la peur – elle lisait le journal, dans les pages intérieures, à la rubrique des Landes, on annonçait qu'un homme s'était noyé. Des pêcheurs avaient retrouvé son corps la veille, échoué « dans le plus simple appareil » selon l'auteur de l'article, au milieu des oiseaux du banc d'Arguin. Sur son identité et les circonstances de sa mort, une enquête était en cours. Il faudrait attendre quelques jours pour en savoir davantage.

Le Bassin était dangereux. Les accidents y

survenaient nombreux, surtout dans les passes, à cause des courants et des vagues de fond. Mais le climat l'était aussi dans son ensemble. Il avait des effets déprimants, pouvait exciter des songes creux. Maréchal avait mis Sarah en garde contre son action perverse sur les sujets fragiles. Excellent pour les poumons, il n'était pas propice aux neurasthéniques. Sarah en éprouvait-elle le ressac ? Elle devenait ultra-sensible aux ondes marines, levées dans la mer des Sargasses. Les sédiments de sa mémoire en étaient secoués et remontaient à la surface.

Ce soir-là, regardant fixement devant elle, vers la cheminée où s'éteignaient les braises, lui apparut en toute clarté, dans une lumière chaude, dorée par les rayons d'un soleil du Midi, le visage qu'elle avait aimé autrefois, perdu et oublié.

Eva, l'épouse de Bernard Maréchal, avait été l'interprète d'une délégation de scientifiques soviétiques, invités à participer à un colloque international, organisé à Biarritz, sur les radiations solaires responsables d'un grand nombre de cancers de la peau. Maréchal y assistait, profitant de sa mission, liée au paysage et au climat océaniques – l'une de ses marottes – pour passer un agréable séjour à l'hôtel Miramar. Il s'était aussitôt épris de la belle Géorgienne aux yeux couleur de lagune, qui avait près de vingt ans de moins que lui. Il lui avait fait une cour pressante, en la couvrant de fleurs comme s'il en pleuvait, et en moins de huit jours il la demandait en mariage. Elle n'était pas rentrée à Moscou.

Astrid Demasson – la dame aux oiseaux, ex-conseillère municipale, qui avait fait partie de l'équipe de l'ancien maire – exposait les difficultés que la jeune femme avait dû affronter pour s'adapter à Arcachon. Avec sa haute taille – elle mesurait plus d'un mètre quatre-vingts –, son allure de mannequin et ces yeux verts qui trahissaient sa différence, autant que son accent russe, elle ne passait pas inaperçue dans les rues de la Ville, où les autochtones ont pour habitude d'appeler « estrangeys » avec l'accent d'ici, les habitants des provinces voisines et les Parisiens en villégiature. Elle ne s'était jamais intégrée à ce milieu étroit, jaloux de son histoire et de ses traditions. Née d'une volonté politique sur des projets de promoteurs talentueux, la commune, pourtant ouverte sur le large par sa position géographique, s'était repliée sur les bords miroitants de son

Bassin. Le buffet chinois de la gare et le Casino mauresque n'avaient été qu'un décor de théâtre. Son cosmopolitisme était de façade, si profonde l'ancre de son esprit chauvin. D'hiver ou d'été, la ville n'adoptait pas facilement les « estrangeys ».

Eva, de son côté, orgueilleuse et timide, ne fit aucun effort pour conquérir les gens. Elle sortait peu de chez elle. Au premier étage, au milieu des livres de son mari, que faisait-elle ? En tout cas ni la cuisine ni le ménage : Bernard Maréchal la traitait en princesse, selon la formule d'Astrid Demasson. Sans l'avouer, elle souffrit un peu plus chaque jour de la coupure brutale de ses racines. La naissance de sa fille, en l'occupant tout entière, l'isola davantage. Elle ne laissa à personne le soin de la nourrir, de lui donner son bain. Elle refusa de s'éloigner d'elle, ne fût-ce qu'un seul jour. Bernard Maréchal qui aimait emmener sa femme à Paris, quand il s'y rendait pour ses achats de livres ou pour des rendez-vous avec des députés ou des ministres – c'était un homme d'influence, secret mais doué d'entregent –, dut désormais voyager seul. La petite était de santé fragile ; Eva craignait pour elle les dangers du transport ou du climat.

— Elle était phobique, en vérité, dit Astrid. Elle accumulait les peurs et les reportait sur sa progéniture. Pour protéger l'enfant, elle se serait bien enfermée avec elle dans une boîte hermétique. Curieux, comme cette femme venue de si loin et mariée sur un coup de tête à un homme qu'elle ne connaissait pas, qui avait joué son avenir au poker et que j'ai connue les premiers temps rieuse, joyeuse, a pu s'isoler ainsi, et se mettre à avoir peur de ses ombres.

L'appartement du front de mer, où Astrid Demasson habitait, laissait entrer la lumière à flots par de larges baies sans rideaux. Devant l'une d'elles, posée sur un trépied, une longue-vue permettait d'observer l'île aux Oiseaux. A chacun ses obsessions et ses rêves majeurs. Pour Sarah, toute vie privée, la plus insignifiante même, était un roman à clefs plus ou moins facile à déverrouiller. Mais les renseignements qu'Astrid Demasson lui apportait, moins par indiscrétion que pour lui éviter d'éventuelles maladresses au sein de la minuscule société qui venait tout juste de lui entrouvrir ses portes, la captivaient plus qu'elle n'aurait voulu le dire. Ils entretenaient sa fièvre.

André V., l'ami russe des Maréchal, avait été le plus jeune membre de cette délégation soviétique, dépêchée en congrès à Biarritz. Astrid, décidément en veine de confidences et que le retard de ses autres invités rendait prolixe, le disait inséparable du couple. Et « l'âme sœur d'Eva ». Sarah s'étonna qu'un homme puisse être l'âme sœur d'une femme. Mais cette idée lui plaisait : elle se rappela soudain qu'un homme pouvait être sa moitié – la force et l'espérance perdues.

Selon Astrid, Eva n'ayant eu que quelques heures pour décider si elle épouserait ou non Bernard Maréchal, avait choisi un avenir de confort et de sécurité. Le luxe et la vie facile, insista-t-elle. Comme si elle souffrait de ce qu'elle allait dire, elle marqua un silence puis :

– Bernard a fait un mariage d'amour, Eva un mariage de raison. Sa voix s'était cassée au point que Sarah se demanda si Astrid n'était pas elle-même un des personnages de l'échiquier : la Dame vaincue, la Dame qui ne sera jamais reine.

Mais Astrid, poussée par on ne sait quel démon de la révélation et qui avait trouvé en Sarah une interlocutrice attentive, poursuivait déjà. Elle pensait qu'Eva et André V. s'étaient aimés. Avant Biarritz ? Ou à l'occasion de ce voyage commun ? Elle ne le précisa pas. Mais le jeune médecin, sous des prétextes divers et malgré la difficulté à obtenir des visas, revint régulièrement à Arcachon.

— Eva et André... murmura Astrid. Ils étaient très beaux, l'un et l'autre. S'ils n'avaient pas été aussi éloignés désormais, séparés par leurs vies de part et d'autre du rideau de fer, on aurait pu les prendre pour frère et sœur. Une vraie tendresse les rapprochait. Quand ils s'adressaient l'un à l'autre, c'était toujours en russe, sans prendre la peine de traduire ce qu'ils étaient les seuls à comprendre. Personne n'aurait osé les interrompre. Ni même Bernard, qui les laissait poursuivre de longues conversations en aparté et les écoutait en silence, un silence presque religieux, sans jamais chercher à y mettre obstacle ni se montrer jaloux. D'autres hommes que lui s'en seraient offusqués. Ils semblaient si heureux alors, si proches, tous les deux. Leur bonheur, leur harmonie excluaient tous ceux qui assistaient à leur dialogue. Bernard compris.

Astrid ajouta, pensive :

— Je crois qu'il aimait André comme un fils...

C'était le bonheur trop rare sur le visage d'Eva que Maréchal devait contempler, un bonheur qu'il n'était pas capable de faire naître et qui, à ces moments-là, irradiait ses traits.

Eva aurait eu le même âge que Sarah aujourd'hui, entre quarante et quarante-cinq ans. Mais elle n'avait qu'une trentaine d'années quand elle était morte, sa fille étant alors âgée d'à peine cinq ou six ans. Tous ces calculs ramenaient invariablement Sarah à la jeunesse, thème majeur de sa mélodie.

Puis les autres convives arrivèrent. Astrid Demasson avait voulu permettre aux amitiés trop brièvement ébauchées l'avant-veille, chez Maréchal, de prendre racine. Elle avait invité le couple de professeurs, qui passait quelques jours loin de Bordeaux, ainsi que Pierre Rémond, le libraire du boulevard de la Plage, dont Sarah avait gardé la carte de visite. Il lui jetait des regards appuyés qui la mettaient mal à l'aise et qu'elle essayait d'éviter. Maréchal s'était décommandé à la dernière minute, pour dîner en tête à tête avec Agathe, « sûrement d'une soupe à la grimace », avait dit Astrid, qui n'ignorait rien des difficultés du père avec sa fille.

On attendait André V. – mais Astrid les avait prévenus : André était rarement ponctuel –, cet homme qu'elle brûlait de découvrir enfin. La conversation, devenue générale, roulait sur la vie politique locale, avec son inévitable train d'ambitions, de corruptions et ses projets pharaoniques. Sarah ne savait rien de ces rivalités de clans où chacun naviguait comme un vieux routier des mers. Pierre Rémond était particulièrement virulent. Elle s'en moquait, comme elle se moquait de tout depuis quelque temps. Elle s'éloignait mentalement du cercle… « Tout t'indiffère », lui avait fait remarquer Vincent le jour même de leur rupture – les choses les plus graves ne semblaient pas l'atteindre. Elle n'avait pas pris la peine de lui expliquer qu'elle ne voulait plus souffrir comme elle avait souffert ; son indifférence affichée, et probablement irritante, était son système de défense.

L'arrivée d'André V. la ramena à un sentiment bien différent et au moment qu'elle avait à vivre. Intensité de cette présence. Intérêt immédiat de Sarah. Mais autre chose aussi : une gêne, aussitôt perceptible parmi les amis d'Astrid.

Il s'assit en face de Sarah. Son regard, son

attitude, plus encore que son accent natal, soulignaient qu'il n'appartenait pas au clan. N'y appartiendrait jamais. Il s'immisça pourtant dans la conversation, sans paraître décalé ni ignorant, comme c'était son cas. Ce Russe connaissait les us et coutumes de l'Aquitaine et les familles de l'establishment provincial comme un pur autochtone.

— Je suis amoureux de cette ville, dit-il à Sarah. Même en Russie, je vis en symbiose avec elle.

Symbiose… Il aimait les mots précis, savants, et parlait un français impeccable. Seul son accent russe, accent mélodieux et caressant, rappelait ses origines.

Sarah se taisait pour mieux l'entendre et mieux le regarder. Elle n'aurait su dire pourquoi cet homme l'émouvait autant. Mais le fait était là : elle en était absorbée.

Ce n'est qu'après le dîner qu'il se rapprocha d'elle, pour l'interroger sur les raisons de son séjour et sa fréquentation de ce qu'il appelait « la maison Maréchal ». Elle lui raconta tout : son licenciement, le chômage, les vacances prolongées, et puis la Ville d'Hiver, son atmosphère étrange, les livres, enfin l'empreinte de D'Annunzio… Elle se confia sans réserve, avec une facilité surprenante pour une nature aussi pudique que la sienne. Comme si elle avait attendu ce moment. Elle alla jusqu'à lui avouer qu'elle menait une enquête dont elle ne connaissait ni le but ni la fin ; elle n'en avait d'ailleurs peut-être pas, mais la mobilisait et agissait sur son inconscient de manière fantasque et obsessionnelle – elle parlait très bas, pour éviter qu'un autre interlocuteur puisse surprendre ces aveux, qu'elle contrôlait finalement aussi peu que ces absurdes recherches paralittéraires ou pseudo-érudites (« absurdes » étant l'adjectif qu'elle avait trouvé pour peindre son inexplicable envoûtement).

— C'est le syndrome d'annunzien, murmura André V., qui ne paraissait nullement surpris par ce phénomène. Une maladie fréquente dans ces parages, ajouta-t-il avec un sourire sans ironie. Un sourire complice et désarmant.

Symbiose et maintenant syndrome. Sarah se rappela qu'il était médecin. C'étaient des mots de médecin.

Elle ne se souviendrait pas de quoi ils avaient pu parler par la suite. Sûrement pas de médecine nucléaire, encore qu'elle eût peut-être essayé d'aborder le sujet. Ils n'évoquèrent pas non plus leurs vies antérieures. D'Annunzio les aida à lier connaissance. C'était le sujet idéal : un pont jeté entre leurs deux cultures. Contrairement à Sarah qui se livra tout entière, André V. devait garder ce soir-là une totale discrétion quant à sa vie. Pudeur ? Méfiance ? Ou crainte de trop en dire, entraîné par une conversation trop intime ? Sarah, elle, se trouvait bien sous les rayons de ce regard clair. Elle aurait volontiers passé la nuit, à se laisser bercer par cette voix venue d'un autre monde.

La conversation générale n'avait pas cessé. Il fallait bien la rejoindre là où leur passion des particularismes les avait tous entraînés, du côté du canton de la Teste dont les maires ont toujours été les principaux obstacles au développement d'Arcachon (et vice versa, crut comprendre Sarah). On citait des noms inconnus, mais qui prenaient ici une valeur de référence, de figures politiques locales comme Pierre Dignac ou James Veyrier-Montagnères… Sarah raconta qu'elle était allée se promener au Moulleau, territoire jadis concurrent de la Ville d'Eté et qui, selon le professeur d'histoire, gardait un parfum agreste en comparaison de leur villégiature autrement plus sophistiquée et élégante. Le Moulleau au début du siècle, dit-il, c'était la nature à l'état sauvage.

— On voit que vous ne connaissez pas la steppe russe, répliqua André V. sur un ton ironique.

Le professeur, qui ne devait apprécier ni la contradiction ni l'humour, s'obstina dans son point de vue :

— Au temps de D'Annunzio, insista-t-il (comme si ce nom ouvrait des portes magiques), c'était une lande en bord de mer, semée de cabanes de pêcheurs. Le Grand Hôtel venait à peine d'être construit et les résidents se plaignaient que le sable était jonché de coquilles d'huîtres. Ils étaient gênés par les filets qui séchaient au soleil et par une odeur violente de varech ou de goémon.

Est-ce à ce moment-là que, profitant d'une image indissociable du Moulleau, celle d'un poète naviguant en costume de shantoung blanc sur une barque aux voiles de soie Fortuny, la Goloubeff ressurgit. Elle avait en effet occupé une suite au Grand Hôtel – ce que nul ici n'ignorait. Elle faisait elle aussi partie du paysage. Le professeur de philosophie (madame le professeur...) avait à peine évoqué son nom, d'ailleurs pour la ridiculiser – « le genre de femme prête à tout pour séduire un homme… » –, qu'André V. reprit la parole.

— Vous autres femmes, dit-il de sa voix douce comme s'il s'adressait à un peuple particulier, vous êtes sans pitié entre vous. Vous ne vous aimez pas…

Le professeur de philo leva très haut ses sourcils mais il ne la laissa pas entrer dans la controverse. Forcée de l'écouter, elle tripotait nerveusement les perles de son collier de corail. Le cœur de Sarah battait pour la Goloubeff : André allait-il défendre Donatella, cette mal-aimée dont les femmes mêmes se moquaient ?

Il ne l'appela pas Donatella, ni Nathalie, le prénom dont la Goloubeff se parait depuis qu'elle habitait à Paris, avenue du Bois. Il l'appela Natalia, avec l'accent russe, comme une personne intime et familière. Son enfance et son adolescence, Sarah avait lu assez de livres pour le savoir, se perdaient dans un trou noir.

— C'était une femme russe, dit-il et chacun l'écouta religieusement.

Le ton de sa voix évoquait celui d'un prêche.

— Vous, Français, êtes un peuple rationnel jusque dans vos amours. Vous ne comprenez ni l'hystérie ni la folie, ni même le désespoir. L'excès vous dérange et le mystère aussi. Natalia, c'était l'excès et c'était le mystère. Une fascinante nature féminine, exaltée, possessive.

Il rêva un moment. Chacun se taisait.

— Très belle surtout. D'une beauté irréelle, comme une déesse. Il y a très peu de femmes aussi belles. Et très peu d'hommes capables de les aimer.

Nouveau silence. Nouvelle rêverie.

Astrid Demasson intervint :

— Savez-vous qu'elle chantait ? dit-elle précipitamment, comme si elle craignait ce qu'André V. était sur le point d'avouer.

Par contraste avec la voix de l'homme russe, la sienne, rauque et virile, marquée par des années de tabac, dévia physiquement l'attention.

— Oui, reprit-elle, elle aurait pu faire une carrière à l'Opéra. Ma grand-mère prétendait que sa mère avait fréquenté le salon de l'avenue du Bois. La Goloubeff y interprétait Iseult pour les amis de son mari. On l'appelait le Rossignol.

S'efforçant à l'humour, Pierre Rémond reprit :

— Imaginez la scène : la Goloubeff, exilée dans l'île aux Oiseaux et se mettant à chanter comme un rossignol au milieu des hérons cendrés et des mouettes rieuses d'Astrid…

Personne, justement, ne rit; Astrid paraissait même inquiète.

André V. regardait tristement au-delà des baies vitrées, que la nuit avait obscurcies, en direction d'une invisible île aux Oiseaux.

— Natalia ne chantait pas seulement des opéras, dit-il. D'Annunzio a raconté qu'elle chantait aussi dans l'amour. Elle roucoulait quand le plaisir venait. Il devenait fou à ces moments-là.

Astrid, jouant tout à coup les maîtresses de maison modèles, proposa du café et, sans transitions, orienta fermement le débat qu'elle devait juger à risques, vers un sujet anodin – les films qu'on avait vus au cinéma ou qu'on irait voir.

Sarah se demandait si les femmes russes étaient des créatures si différentes des autres, douées de dons exceptionnels, comme venait de l'affirmer André V. La Goloubeff qu'elle avait crue unique dans son genre, excentrique et excessive, devenait un simple exemple ou une image d'Epinal. Toutes les femmes russes ne pouvaient pas être aussi belles et passionnées que Natalia de Goloubeff mais beaucoup possédaient, avait-il dit, des qualités au-dessus de la moyenne. André avait évoqué des déesses, des princesses, à moins qu'elle n'ait rêvé. Ces déesses, ces princesses russes ne supportaient selon lui aucune comparaison avec des beautés d'autres continents. D'Annunzio en avait fait l'expérience dans sa propre chair. Malgré la folie de la Goloubeff ou à cause d'elle, il l'avait adorée ; seul un puissant instinct de survie l'avait empêché de prolonger son histoire d'amour ou son martyr. Natalia, ce nom chantait, c'est vrai, de la façon dont André V. le prononçait. Mais il semblait à Sarah qu'il n'était encore qu'un leurre et la Goloubeff qu'un masque. Sa beauté de statue, son chant divin et ses transes cachaient une autre femme, inavouée. C'est à elle qu'André V. songeait sûrement, sans la citer.

— Après le dossier VI, dit Maréchal qui venait d'introduire Sarah dans la pièce aux archives, il est difficile de passer à un autre !

Sarah rougit. Elle avait laissé le dossier

Curiosa sur la table, respectant l'usage que le collectionneur avait institué pour prévenir tout désordre dans son précieux classement. Suivant au jour le jour la progression de ses recherches, il avait ainsi pu constater qu'elle en était arrivée aux photos dénudées : celles des jeunes filles, joyeuses et provocantes, photographiées en toute indécence par un artiste du Kodak – c'était en effet, Maréchal le lui révéla, l'appareil utilisé pour ces séances spéciales.

— Grâce à vous, je vais pouvoir remettre ces documents à leur place. Car c'est une erreur, bien sûr ! Le dossier VI n'appartient pas aux archives étiquetées D'A. D'Annunzio était pornographe, mais pas du tout photographe…

Erreur fatale, poursuivit-il avec humeur. Un étudiant peu scrupuleux ou mal intentionné a dû le ranger lui-même, en dépit de ma classification. Sa place est à la lettre C.

Comme Curiosa, cela allait de soi. Un lien existait pourtant entre les deux dossiers, comme entre l'Italien des Abruzzes et le photographe-pornographe. Car ce dernier était bien un amateur local. Bernard Maréchal refusa de donner son nom à Sarah. Il avait acheté sa collection de nus à l'héritier de sa fortune – son petit-fils – qui l'avait découverte à sa mort dans un tiroir de sa table de chevet. Dans l'ignorance de ce que pouvaient valoir des Curiosa, il les avait vendus aux enchères en 1962 ou 1963, en même temps que des meubles Empire et des porcelaines chinoises qu'il trouvait encombrants et qui se révélèrent d'un excellent rapport. Maréchal s'était intéressé aux photographies dont personne ici ne voulait : pas la moindre voix ne s'était élevée pour les lui disputer, sinon une rumeur désapprobatrice et moqueuse. Le grand-père, fondateur d'une entreprise de transports qui couvrait le territoire national, passait pour un homme respectable. Nul ne lui aurait soupçonné ce passe-temps qu'il cachait à côté de son lit. On le croyait uniquement préoccupé de ses affaires. – Pensez donc, avait susurré un voisin. A son âge! Et veuf après cinquante ans de mariage! Conserver de pareils trophées!!!

Avec l'aide du petit-fils, moins bégueule que beaucoup de gens – il avait exprimé son admiration pour les jolies filles collectionnées par son grand-père –, Maréchal avait mené une brève enquête et pu reconnaître le lieu où les photos avaient été prises. Le grand-père s'était éteint dans cette même chambre, inchangée depuis près d'un siècle. Les murs couverts d'un papier peint à palmettes, le lit Empire à chapiteaux de sphinges, les chaises à pied de fauves avaient servi à des fins plus joyeuses ; dans une vie précédente, le piano avait accompagné des fêtes et des nuits de plaisir. Ce Steinway en laque noire (la chambre était aux proportions de la maison, assez vaste pour accueillir un piano à queue), le petit-fils regrettait maintenant de l'avoir vendu. Si aucune mélodie ni aucune gamme ne s'en échappaient plus, car plus personne n'en jouait chez lui depuis la mort de sa grand-mère, il comprenait pourquoi son grand-père avait toujours refusé de s'en séparer : ce piano muet était le témoin de scènes licencieuses ; il avait servi de support à des statues vivantes. Il avait été un socle pour des reines de la nuit. Les années n'y avaient rien changé : ce survivant d'une époque folle portait encore la trace des corps chauds et délicats qui s'étaient allongés sur lui.

Les photos ayant été prises dans la maison de famille, et même si l'on y pense, au cœur du foyer – la chambre conjugale –, le petit-fils avait prié Maréchal d'en garder le secret. Il était déjà assez gêné vis-à-vis de la mémoire de son grand-père d'avoir divulgué son sulfureux héritage. Aussi Maréchal ne confierait-il pas à Sarah le nom de la villa d'où elles n'auraient peut-être jamais dû sortir.

— Ce n'est pas la villa Teresa, croyez-moi, crut-il bon d'ajouter. Bien qu'elle lui ressemble – mais elles se ressemblent toutes –, aussi cossue et majestueuse, aussi Napoléon III, comme elles le sont toutes dans la Ville d'Hiver, c'est pourtant une autre villa... Appelons-la une autre.

Le grand-père (Sarah devrait se contenter de cet état civil), amateur de pianos coquins, avait connu D'Annunzio – sur ce point, l'étudiant, en se trompant de dossier, avait pourtant reconnu leur parenté. A peine un gamin en 1910, sa fortune était loin d'être faite : ses parents tenaient la mercerie du Moulleau. Il livrait des fleurs pour gagner des pourboires. Or, les fleurs, D'Annunzio s'en faisait livrer plusieurs fois par semaine. Des corbeilles entières. Il fallait une brouette pour les lui apporter. C'étaient des œillets, parfois des roses ou des lis. Le poète exigeait des fleurs blanches, fortement, exquisément odorantes : aucun chrysanthème ni aucun camélia ne passèrent jamais le seuil. Leur parfum, mêlé à l'encens et aux cent bougies qui se consumaient chaque jour, lui était indispensable pour qu'il puisse assumer ses trois activités essentielles : rêver, écrire et aimer.

D'après Maréchal, le grand-père aurait probablement contracté le virus de l'amour au chalet Saint Dominique. Le décor rouge, les sculptures antiques et nues, le parfum entêtant des œillets, les silhouettes gracieuses aperçues dans le parc, à moitié dévêtues, la légende surtout qui prêtait au faune italien mille aventures brûlantes, tout cela avait dû lui exciter les sens au-delà du raisonnable et déclenché sa lubie.

La réussite commerciale et familiale du grand-père, fondateur d'une véritable dynastie – « son nom est respecté ici, la fortune en impose toujours », déclara Maréchal –, ce parcours brillant et sans fautes, du moins apparentes, n'empêchait pas la fantaisie.

Avait-il lui-même pris ces photos ? Ou les avait-il regardé prendre ? Avait-il ensuite joué avec les modèles ? Joui de leurs corps parfaits et juvéniles ? Nul n'en saurait jamais rien. Les Curiosa étaient un témoignage. Un morceau de bonheur ou de débauche. Une page de la vie privée d'un homme... Du poète d'*Il Piacere* au grand-père vénérable et vénéré des siens, le lien était noué. « Suivez la femme... », dit Maréchal.

Grâce à la méprise (peut-être volontaire) de l'étudiant venu les consulter, les archives n'en reflétaient que mieux des vies croisées et emmêlées. Sans l'erreur de classement, Sarah aurait tout ignoré de cette histoire qui traversait la biographie de D'Annunzio, et perdu le fil qui, d'une maison à l'autre, la guidait au petit bonheur la chance dans le dédale de la Ville d'Hiver.

Quoi qu'il en soit, malgré ses efforts pour apprivoiser la masse d'informations qu'elle recueillait, il lui fallait tirer la conclusion de ces journées passées à résoudre une énigme : elle n'avait pas découvert sa princesse Teresa. Le secret de la maison lui échappait toujours. Ses fantômes se dérobaient. Ce qui lui parvenait avec le plus d'acuité c'était un parfum musqué. Sarah en captait parfaitement les effluves. Entre le lourd décor de la Ville d'Hiver, encore murmurant d'un passé tragique, et les folies sensuelles et imaginatives de D'Annunzio, pris au piège d'un exil douceâtre, il y avait ce dénominateur commun : un parfum d'amour. Toutes ces fleurs, toutes ces femmes, mortes et qui avaient embaumé, avaient laissé leur trace. Quant au baron Horus, sa tête de faucon scellait un mystère.

Pourquoi Maréchal entreposait-il aussi méticuleusement les mots d'amour de D'Annunzio ? Sarah en vint à se demander tout à coup si le bibliophile ne dissimulait pas une curiosité malsaine derrière son érudition. Est-ce que ces mots-là, dont beaucoup pouvaient se montrer obscènes, ne l'excitaient pas à son tour ? Et pourquoi se ruinait-il en Curiosa comme d'autres en incunables (ou lui-même, plus jeune, en éditions originales de Stendhal et de Baudelaire), sinon parce qu'il était fou de ces images, si vivantes sur leurs vieux papiers ?

Ce jour-là, la conversation se mit à dériver… Maréchal, très fier, révéla à Sarah qu'il possédait des photographies et des manuscrits pornographiques, notamment le texte autographe, inédit, de *Trois Filles de leur Mère* de Pierre Louÿs, un des chefs-d'œuvre du genre. Il lui fit alors abruptement remarquer l'épaisseur particulière du clitoris, visible au millimètre près sur certains clichés de ces jeunes filles. C'était selon lui l'indice irréfutable d'une vie sexuelle active et stimulée. Sarah prit cette fois conscience que le sexe était le cœur de la collection de Maréchal. Son axe et son pivot – les mots la trahissaient, ils étaient sexuels eux aussi... Elle s'empourpra.

Tout ou partie ? Ce qu'elle en avait vu, ce qu'il lui en avait laissé apercevoir, balançait entre l'érotique et le pornographique, avec un léger avantage pour ce dernier. Jusqu'où voulait-il aller ?

Maréchal lui parlait maintenant de Venise, du café Florian où « les longues moustaches » (les poètes décadents) venaient fumer leurs cigares après dîner, sous le portrait d'un Chinois peint à fresque, et de leurs promenades nocturnes sur la Lagune à bord d'une gondole où ils avaient embarqué un piano – il avait l'art des digressions subites. Sans doute avait-il compris que Sarah ne se laisserait pas entraîner sur la piste précédente, trop anatomique ou trop glissante... Elle suivait le cours fiévreux de ses pensées. Comme D'Annunzio, comme le grand-père amateur de corps photogéniques, Maréchal n'était-il pas lui aussi un obsédé, un pervers ? L'hypothèse ne lui paraissait pas absurde : le sexe est une drogue qui exige des doses de plus en plus fortes. Pour parvenir aux sommets de la gamme du plaisir, D'Annunzio recourait à des aides et à des truchements. Les accessoires baroques, le parfum des œillets devaient accroître le désir et lui procurer les extases supérieures qui menaçaient de le fuir. Il recherchait les caresses les plus compliquées des maîtresses les plus habiles, mais la jouissance reculait toujours ses limites.

Les Curiosa ou les livres pornographiques participaient de la même obsession, de la même fatigue à jouir. C'étaient des stimulants du désir et des ersatz de l'amour. Souvent, de tristes subterfuges.

Le regard de Sarah en fut tout transformé. Tout à coup, devant elle Maréchal était nu. Un érotomane, voilà ce qu'elle découvrait. Il devait nourrir depuis des années une passion insatisfaite du sexe. Sarah avait pu le constater, sa collection ne constituait pas seulement un ensemble érudit mais un répertoire de fantasmes. En exagérant à peine, on pouvait la confondre avec un catalogue pour pervers ou fétichistes. Quel démon poussait ce bibliophile distingué à rassembler méthodiquement des traces de vies sexuelles, aussi flamboyantes que misérables, d'hommes, de femmes tout occupés à jouir ? Sarah soupçonnait, dans ces tiroirs, la présence d'archives que la Loi aurait condamnées. Jusqu'où pouvait aller l'obsession d'un individu, guidé par la concupiscence ? Concupiscence… Sarah se mettait à penser dans le style de la Belle Epoque. Le mot ne s'employait plus, ses enfants, si elle en avait eu, ne l'auraient pas compris. Ancien et sifflant, sournois à l'oreille, il lui soufflait la vision de scènes d'orgie. Elle se mit à imaginer, comme dans un rêve tout éveillé, des corps offerts et Maréchal en maître d'œuvre : maestro des plaisirs abjects. Oui, il était vraiment nu devant elle et vraiment obscène. Est-ce qu'elle ne venait pas de rencontrer, par le hasard de sa vie, un maniaque en costume croisé, d'autant plus redoutable qu'il avait l'air d'un notable ?

La pièce aux archives avait pris la lumière d'un cloaque.

Sous la bannière élégante d'une poésie fin de siècle, le cénacle où Sarah avait cru entrer n'était peut-être qu'une franc-maçonnerie du sexe. Un de ces innombrables réseaux qui infiltrent leurs tentacules jusque dans les pays les plus éloignés du tiers-monde, Cuba, Saint-Domingue ou les plages de Pattaya. Elle se mit à imaginer des sexes d'adolescentes, comme sur les photos, ouverts comme une fleur. Des mains possessives et mauvaises. Des ventres qu'on blessait. Un piano noir.

Maréchal qui avait surpris son malaise esquissa un geste vers elle. Il allait lui demander si ça allait, mais n'en eut pas le temps. Sarah se leva d'un bond. Sans que Maréchal ait pu l'atteindre et surtout la toucher, elle courut à la porte et s'enfuit.

Elle n'avait qu'un désir : elle voulait voir la mer.

Dehors, l'air vif et iodé lui fouetta le visage. Elle reprit ses esprits. Elle avait dû inventer tout ça... Oui, les fantasmes l'égaraient, elle perdait le sens... Elle s'était enfuie bêtement... Elle avait eu peur d'un danger qui n'existait que dans son imagination surmenée... Tout en marchant très vite pour s'éloigner de l'appartement, la sensation du danger pourtant persistait. Elle accéléra encore le pas. S'apercevant qu'elle avait oublié son sac, d'où ce sentiment bizarre d'aller bras ballants, comme si elle avait tout perdu, elle devrait retourner le chercher... Mais un autre jour, quand ses stupides inquiétudes se seraient dissipées, qu'elle se serait enfin calmée. Les clefs de la villa se trouvaient heureusement dans la poche de son manteau. Elle l'avait gardé sur les épaules, chez Maréchal, de sorte qu'elle n'était pas à la rue... Tout en essayant de se rassurer mais en tremblant encore, elle avançait vers la mer.

Sur le boulevard de la Plage, elle s'arrêta devant Le Jardin d'Epicure. Dans la vitrine, les livres neufs, avec leurs couvertures bariolées, l'aidèrent à oublier la caverne où elle s'était crue enfermée. Elle s'approcha. Jetant un coup d'œil discret à travers la vitre, elle aperçut le libraire. Perché sur une échelle de bibliothèque, Pierre Rémond furetait dans les rayons. Une silhouette familière se tenait à quelques mètres de lui, devant la table chargée des bandes dessinées, qu'elle feuilletait. C'était la jeune fille brune – la belle Egyptienne (surnom qu'elle lui avait secrètement donné) – Agathe Maréchal.

Sarah retint son souffle devant la scène insolite qui se produisit alors sous ses yeux. La jeune fille pointa deux doigts de sa main gauche, l'index et le majeur, telles deux ravissantes antennes, dans la direction de l'homme qui lui tournait le dos. Le libraire eut un mouvement maladroit, vacilla sur son échelle et, sur le point de tomber, se rétablit in extremis. Pour cette fois. L'incident avait duré à peine quelques secondes.

Arcachon est un pays de sorciers. Dans les villages reculés des Landes, on pouvait autrefois consulter rebouteux et voyants. D'Annunzio lui-même s'était empressé d'aller interroger la sorcière de Gazinet, qui était à son époque la plus réputée. Elle lui avait prédit qu'il serait prince un jour et couvert d'honneurs – prédiction que l'Histoire avait confirmée. Devenue très riche, la sorcière vivait au ban de la société mais les ouailles désertaient l'église pour suivre ses conseils ; le curé lui livrait une guerre sans merci. Malgré ses mises en garde et ses excommunications, personne ne voulait se priver de ses tours de magie. Tout le pays croyait et croit toujours aux sorts. Certains vous portent chance et d'autres malheur. Sarah s'interrogeait : quel sort lui avait-on jeté pour qu'elle se sente aussi perdue, aussi fragile ?

La silhouette en rose aux longs cheveux de

soie pivota sur ses talons et lui fit face. Comme si elle avait senti dans son dos le regard de Sarah, absorbée par la scène, elle la dévisagea. Malheur à qui aurait voulu acheter un livre à ce moment-là. La jeune fille la fusillait du regard ; elle n'était que haine et défi.

Sarah s'enfuit une seconde fois, avec l'impression d'avoir surpris un secret jalousement gardé. Il y a des choses qu'il ne faut pas voir. Surtout ne pas connaître. Ses sentiments s'embrouillaient. Elle se sentait coupable. Ne savait pas de quoi. D'avoir enfreint un domaine interdit ? Ou de voler à une très jeune fille sa part de rêve et d'amour ? D'être pour elle une dangereuse rivale, une ennemie, dans son miroir. Sarah marchait maintenant d'un pas lourd. Comme la vieillesse vient vite, se disait-elle, comme la jeunesse passe, emportant avec elle tant de violence et d'idéal.

Elle continua sa route vers la mer, mue par un irrésistible besoin de grand large. L'eau, à marée basse, semblait s'être complètement retirée du Bassin. Quelques flaques grises rappelaient sa présence lointaine, inaccessible. Des oiseaux planaient dans le ciel, aussi gris que le sable. Peut-être des hérons cendrés. Aucun mouvement n'animait l'horizon. Ni vague ni battement d'ailes. Sarah était confrontée à une surface plate et immobile, figée dans une couleur de cendre. *Cenere, cenerina.* Cette nouvelle manie des mots italiens.

Un parfum de varech dominait la plage, abandonnée en cette saison et qui ressemblait à un marécage. Il évoquait des mondes sous-marins, des crabes et des éponges échoués, des coquilles dépouillées de leurs mollusques, des cadavres de poissons. Une odeur de vase et de putréfaction.

III

D'une main d'homme aux ongles rouges, calme et sûre, Astrid Demasson conduisait son 4×4 maculé de boue vers le port de Larros comme sur la piste d'un rallye. L'air marin, enfin purifié, entrait à flots par les vitres ouvertes, mêlé aux effluves épicés de Shalimar. Dès qu'elle lui avait ouvert la porte de sa voiture, au croisement du boulevard de la Plage et de l'avenue Gambetta où elles s'étaient donné rendez-vous, la personnalité chaleureuse d'Astrid avait éloigné les démons et Sarah recouvré sa lucidité.

Le vin blanc, à l'auberge des Viviers, le goût acide des huîtres achevèrent de la réconforter. Brièvement, pour s'excuser d'être sans sac, sans argent, sans carte de crédit, alors que l'initiative de l'invitation lui revenait, elle raconta son dernier entretien avec Bernard Maréchal, les archives spéciales qui l'avaient inquiétée, son impression d'être prise au piège, puis sa fuite vers la plage. Elle se confiait à cette femme qu'hier encore elle ne connaissait pas comme à une amie d'enfance.

— Je ne sais pas ce qui m'a pris, j'ai eu peur de lui tout à coup, peur d'avoir découvert je ne sais quel trafic criminel.

Astrid Demasson ne se moqua pas. Au contraire. Les sourcils levés très haut, elle interrogea Sarah sur ses recherches et ses liens avec l'Université. Sarah dut avouer qu'elle n'était rien de plus qu'une journaliste au chômage, menant une enquête toute personnelle et gratuite sur la villa qu'on lui avait prêtée. Ni DEA ni DESS, aucun diplôme ne couronnerait ses travaux, s'ils aboutissaient jamais à la moindre conclusion. C'était pour l'amour de l'art qu'elle œuvrait, pour l'amour de l'art pour l'art… Rien d'utile ne sortirait de ses efforts soutenus pour reconstituer l'histoire d'une inconnue, dont le nom gravé dans la pierre la tourmentait. Elle essaya de définir l'attirance que la Ville d'Hiver exerçait sur elle et contre laquelle elle ne pouvait pas lutter. Car, elle avait fini par s'en rendre compte, elle était bel et bien aimantée. Tout en rêvant au nom de Teresa, qui n'était peut-être qu'un mythe après tout ou choisi pour ses résonances, pourquoi pas ?, elle s'était laissé absorber par les fantômes de la ville morte. Venue consulter les archives de Maréchal, elle avait pénétré par les coulisses dans un monde encore frémissant d'émotions, d'amours, de sentiments. Elle en avait été troublée. Car le monde en question, au lieu de lui offrir un matériau solide et ordonné pour l'aider à discipliner ses fantasmes s'était révélé un marécage. Elle s'y enlisait.

Ce monde était à la fois flou, obscène et trompeur, disait Sarah. Oui, surtout, trompeur… Comment être sûre en effet d'une vérité qui prenait tant d'aspects divers ? Au bout de quelques jours, elle n'avait plus su à qui se fier. A D'Annunzio, ce mythomane, qui prenait un malin plaisir à déclarer son amour à plusieurs « princesses » à la fois ? A toutes ces femmes amoureuses mais également perverses, qui avaient le diable au corps ? A Bernard Maréchal enfin, bibliophile chevronné, dont la collection était réputée dans le monde entier, mais qui lui apparaissait maintenant comme un être dépravé et peut-être même dangereux ? Ses recherches pour retrouver la dénommée Teresa s'étaient non seulement révélées inefficaces mais pour elle-même nuisibles. Elles avaient aggravé son malaise, décuplé son stress. Résultat incontestable de tout ça : elle sortait nauséeuse et embrouillée d'une macération en vase clos.

— Le vin est délicieux, bois, ça ira mieux…

Astrid remplit son verre puis, à nouveau, le sien. Comme un homme, pensa Sarah pour la deuxième fois de la soirée, en regardant ses mains. Autour d'elles, des couples dînaient tranquillement, il y avait une table où les gens festoyaient en famille. Elles étaient les deux seules femmes en tête à tête. Astrid semblait rêveuse.

L'ancienne cabane à huîtres de Gujan-Mestras drainait une clientèle de connaisseurs : la fraîcheur des coquillages étant ici incomparable, on y venait toute l'année pour les déguster sous les filets de pêche qui formaient une voilure au-dessus des dîneurs. L'éclairage diffus des bougies, dont la cire coulait sur les grosses bouteilles qui servaient de bougeoirs, favorisait l'intimité. Sarah, qui sortait à grand-peine du cercle décadent de la Belle Epoque et des raffinements d'annunziens, prit conscience à quel point elle était décalée et revenait de loin. Les huîtres laissaient un goût de citron dans la bouche et elle tartinait de beurre une tranche de pain de seigle : elle savourait son retour dans le monde des vivants.

Le silence planait entre les deux femmes. Un silence tout relatif, où résonnaient les voix allègres de leurs voisins de table et l'écho des confidences de Sarah. Madame le Conservateur des Oiseaux – ainsi que Sarah la surnommait gentiment – commanda une seconde bouteille de sancerre glacé puis, de sa voix de fumeuse, elle se mit à raconter une histoire. Sarah s'aperçut qu'elle la tutoyait.

— Ce que tu ignores, commença-t-elle, c'est l'origine de tout ça. Bernard est un vieil ami. De la génération de mes frères, il a fait ses études avec eux à Bordeaux. Ils étaient tellement inséparables que j'ai fini par voir en lui un frère de plus. Plus juste et plus tolérant que mes aînés, moins ironique que ne le sont en général les garçons à l'égard d'une petite sœur, il me respectait. Il ne me traitait pas en fillette, mais comme si j'étais son frère moi aussi. D'égal à égal. C'est ainsi qu'il a fait ma conquête. Je suis liée à lui d'une confiance ancienne. Plus tard, quand je l'ai rejoint dans le combat politique, il m'a parrainée, mais laissée libre de mes opinions. Toujours cette même attitude : d'égal à égal. C'est le moins sexiste des hommes, un spécimen rarissime sous ces latitudes… Je lui dois d'avoir gagné des combats difficiles et d'être aujourd'hui ce que je suis, droite dans mes bottes, malgré les préjugés et les ragots. C'est un être loyal.

Comme Sarah ouvrait de grands yeux à ce dernier mot, elle insista :

— Je le fréquente depuis des années. Dans les circonstances houleuses, les pires branle-bas politiques, j'ai pu éprouver cette loyauté. Il n'a rien d'un dissimulateur, d'un vicieux. Il avance à visage découvert. C'est un boxeur. Oui – tu vois je te l'apprends –, il a pratiqué la boxe dans sa jeunesse, comme mes frères, mais il est resté un boxeur. L'ennemi, il le regarde dans les yeux. Pas un sournois, Bernard… Tout le contraire. Ce qui ne l'empêche nullement d'être subtil et diplomate, quand il le veut. Pour moi, ajouta-t-elle un cran en dessous, j'ai plus d'une fois puisé ma force dans la sienne.

Ce portrait enthousiaste ne souffrait pas la contradiction. L'amitié d'Astrid pour Maréchal était profonde, fondée sur l'estime et l'admiration, des sentiments qui laissaient peu de place en effet à des soupçons d'immoralisme.

Sarah observait Astrid, son visage plein, sa bouche large aux dents régulières et puis ses mains disproportionnées, qui semblaient appartenir à un corps plus vigoureux et massif que le sien. Elle se demanda tout à coup si le secret qui l'isolait des cercles trop conventionnels de la province et lui donnait la certitude insurmontable de sa différence, n'était pas qu'elle aimait les femmes. L'homosexualité ne devait pas être facile à assumer dans une petite ville. D'autant qu'Astrid, engagée dans le combat écologiste, avait un rôle à jouer au sein de la municipalité. Chaque élection devait l'exposer, lui valoir railleries et insultes, au mieux quelques sous-entendus. Malgré les risques de scandale, Maréchal l'avait soutenue et même encouragée. Il tenait à sa présence au conseil, à ses interventions musclées et ferventes, disait-elle, il comptait sur elle pour lancer les débats qui font peur à tout le monde. Ils avaient mené ensemble les batailles, étaient restés alliés jusqu'au bout de chaque combat. « Je lui dois d'être ce que je suis aujourd'hui… » Astrid lui vouait de la reconnaissance. C'était grâce à Maréchal qu'elle avait pu concilier ses contradictions : sa foi écologique, avec son ambition personnelle et sa volonté politique avec des instincts autrement sensuels et amoureux. Tout cela n'était pas dit, seulement suggéré, présent à chaque souffle, entre les mots d'Astrid. Son regard, ses inflexions de voix témoignaient d'un effort sincère de vérité. A cet instant, Sarah admirait Astrid. Tant de clarté et de franchise lui en imposaient. De ces qualités-là, elle ne se serait pas crue capable. Tout en elle était confusion, timidité, rupture.

Mais Astrid poursuivait :

— Je te le répète, c'est un homme de tolérance. L'espèce au monde la plus rare et la moins promue. Je dis « homme » mais je pense aussi aux femmes. Les femmes tolérantes, il y en a tout aussi peu.

Sarah opina en se demandant si cette dernière remarque ne la visait pas – elle avait tendance à prendre à son compte ce qui n'était que généralité. Est-ce à cause de ce terme de tolérance qu'Astrid aborda, toujours à propos de Maréchal, le sujet de la franc-maçonnerie. Sarah se souvint qu'elle l'avait elle-même évoquée dans un sens très large, synonyme de réseau, trafic parallèle et clandestin, en employant sans doute abusivement l'expression d'une « franc-maçonnerie du sexe ». Pour

Astrid, c'était là un sujet grave qui méritait une mise au point.

— Dans une petite ville, les esprits s'échauffent facilement. Non seulement la moindre entorse aux conventions ou aux traditions est aussitôt relevée, commentée et, hélas, neuf fois sur dix condamnée, mais dès qu'une personnalité apparaît hors norme, les gens veulent la chasser, l'exclure. Ou alors la dompter. Réflexe de self-defense. Ils protègent leurs us, ils maintiennent leurs dogmes. Si, par ton comportement, tes idées ou même ta manière de t'habiller, tu déranges un tant soit peu leur mode de vie, tu deviens l'objet de la réprobation collective. Commentaires sans pitié. Portes qui se ferment. Tu n'es plus alors qu'un être seul. Un intouchable, qui n'a pas d'autre issue que de s'en aller. A Paris, à l'étranger. Ailleurs…

Astrid avait l'air de savoir ce dont elle parlait. Sa bouche marquait un pli amer et sa voix s'était durcie.

— Les francs-maçons ne sont pas tous tolérants mais ils croient au bien-fondé de l'échange dans le domaine des idées. Ils favorisent le dialogue et ne condamnent pas a priori. Chacun a droit à la parole et de défendre son point de vue. Chez eux la différence peut faire partie du génie. En province, selon moi, ils sont un rempart contre l'assaut des moutons de Panurge, contre les préjugés idiots.

Sarah n'eut pas besoin de poser la question qui lui brûlait les lèvres :

— Je n'en suis pas, dit-elle, mais j'en ai eu envie. Quand tu te sens seule, désespérément seule au fond de toi, tu rêves d'une communauté pour t'écouter et pour te tolérer. Cette communauté, je ne l'ai trouvée ni dans ma famille, qui m'aimait mais à laquelle je ne pouvais pas me confier, ni à l'école ni à l'université. Peu à peu, sans doute ai-je eu de la chance, j'ai pu résoudre mes problèmes. Surtout, j'ai construit des amitiés solides qui m'ont aidée. Ma vie s'est épanouie, sans que j'aie besoin de poser ma candidature à une Loge de Dames – on m'en aurait fait offense ici, si cela s'était su, dit-elle encore en éclatant de rire. La louve dans le poulailler !

Sarah ne pouvait plus avoir de doutes. Le secret d'Astrid n'en serait plus un entre elles.

— Quant à Bernard, poursuivait celle-ci sans laisser l'humour la détourner de sa Défense et Illustration de Bernard Maréchal, il a appartenu à une loge, ce qui ne le rend ni plus ni moins coupable de tout ce dont tu voudrais l'accuser.

Le Grand Orient n'était pas en cause. D'après Astrid, qui le tenait de l'indiscrétion d'une amie de Pierre Rémond, lui-même franc-maçon et membre d'une loge martiniste – Tout se sait en province ajouta-t-elle en clignant des yeux –, il s'était un temps intéressé aux théories de Saint-Yves d'Alvèdre, mais sans y adhérer. Initié par le libraire, son partenaire de jeu dont l'esprit rationnel et le talent stratégique, propres aux joueurs de bridge, se nourrissaient des sombres lumières de cette philosophie, Maréchal n'avait pas persévéré dans la voie du martinisme et son expérience n'avait sans doute été qu'une étape sur le chemin de la connaissance. On le disait toutefois maçon… Astrid ne savait pas à quelle loge il appartenait – en tout cas, pas à la communauté déviante, à laquelle Rémond était semble-t-il (et toujours d'après les on-dit) resté attaché. Ni s'il avait rendu son tablier, expression qui lui était inspirée par le folklore maçonnique.

Sarah protesta : peu lui importait en fait que Maréchal soit franc-maçon ou pas, qu'il ait porté un tablier, une cagoule ou le collier du Grand Maître. Ce qui la préoccupait c'était son appartenance à un autre genre de franc-maçonnerie – Astrid n'avait donc pas compris ? : le réseau international à but pornographique et criminel des impétrants au grand ordre du Vice. Combien étaient-ils de par le monde et à travers l'Histoire à avoir communié dans ces cercles avec le renfort des notables et parfois des ministres, gens que leur rang dans la hiérarchie sociale plaçait a priori au-dessus de tout soupçon.

Astrid poursuivit :

— Encore une fois, je te le répète. Grand Orient ou pas, tu es sur une fausse piste. Son vice, car il en a un je te le concède, c'est la bibliophilie.

Elle la regarda au fond des yeux puis :

— Vois-tu, sa collection, Maréchal l'a commencée très jeune, par des achats de livres anciens dans la haute tradition française : Hugo, Flaubert, Maupassant, Sand, Baudelaire – le XIXe siècle, des Romantiques aux Naturalistes sans oublier les Parnassiens ni les Décadents ni les Symbolistes. Rien que des textes honorables, triés sur le volet : *Les Misérables*, *Le Rouge et le Noir*… Tu vois le genre.

A l'époque, cela tu l'ignorais, il était marié à une Bordelaise très comme il faut, qui l'a quitté au bout de six mois de mariage pour suivre sur les routes un représentant de commerce. Elle a refait sa vie, depuis, avec quelqu'un d'autre. On sait qu'elle habite le nord, avec sa famille. On n'en parle jamais ici. A Bordeaux, c'est une déclassée.

Astrid rit :

— La pire des injures chez les Chartrons ! Bernard a été assez choqué car elle était son amour de jeunesse. Il s'est mis non pas à boire – à part ses gins apéritifs, il est d'une sobriété qui me désespère – mais à jouer aux cartes. Pierre Rémond, qu'il a connu au Quatre de Trèfle, notre club local, est devenu son partenaire indissociable. Ils ont gagné je ne sais combien de tournois ensemble, y compris contre des professionnels. Pour rencontrer des joueurs à leur mesure et s'impliquer dans les championnats difficiles, ils voyageaient, ils montaient souvent à Paris. C'est là qu'un autre libraire, marchand de livres anciens du quartier Saint-Sulpice, les a tous les deux initiés aux Curiosa.

Le regard interrogateur de Sarah l'arrêta net.

— Ne me demande pas de détails. Je ne partage pas l'érudition de Maréchal… Les Curiosa sont des livres rares, bien sûr, dont le prix peut atteindre des sommes faramineuses. Mais ce sont aussi des livres cochons. Les auteurs, quels que soient les époques, racontent des histoires salaces, avec des mots salaces, comme dans *Trois Filles de leur mère*. C'est le seul Pierre Louÿs que Maréchal m'ait donné à lire. J'ai trouvé ça ennuyeux et déprimant. Il n'a pas jugé bon de poursuivre mon éducation – je n'ai pas la fibre littéraire – mais de temps en temps, il me tenait au courant de ses achats, il me citait des titres…

Plus que leur caractère licencieux, voire pornographique, l'interdit donnait un prix aux Curiosa. Hors la loi, frappés d'opprobre, ils circulaient sous le manteau, dans des publications clandestines.

— La passion des Curiosa engage moins la libido que la science, continua Astrid. Les amateurs forment une secte érudite. Ce sont des fous de livres, qui trouvent leur bonheur dans l'Arétin et Casanova. Tu ne dois pas avoir peur de Maréchal : ni pédophile ni pédéraste, ses plus grands plaisirs sont livresques.

Posséder une édition introuvable a sur lui un pouvoir érotique majeur.

Sarah, qui voyait peu à peu ses peurs se dissoudre dans ce discours posé et riche en arguments, murmura cependant que certains franchissaient le pas après la lecture d'un livre où des fantasmes criminels sont décrits de manière alléchante. Comme au cinéma où une simple image pouvait déclencher les fantasmes irrépressibles du premier tueur en série venu, des esprits tourmentés s'acharnaient à copier à la lettre ce que des auteurs semblaient avoir imaginé exprès pour eux.

Un peu de sa méfiance lui restait – une méfiance instinctive, nourrie dans l'ombre de ces archives où pesait une trop lourde mémoire. Mais Astrid aborda le sujet de son amitié avec Maréchal. Elle le connaissait depuis si longtemps ! Dès leur jeunesse, ils avaient entretenu des rapports qui pouvaient se rapprocher de ceux des frères de sang. Elle insistait : sa confiance en lui n'avait jamais été trahie. D'ailleurs c'était un homme public. S'il y avait eu la moindre trace de vice ou de « stupre » (Astrid venait d'employer ce mot désuet), d'autres se seraient chargés de la révéler au grand jour. En politique, pour abattre un ennemi et jusque dans son propre parti, les coups bas ne manquent pas. Or, personne n'avait jamais reproché à Maréchal le moindre écart de conduite. Ni corruption, ni sexe...

— Il est blanc-blanc, résuma Astrid. Et mieux que ça, ajouta-t-elle : Il est bon.

Avant de répéter avec force :

— Oui, c'est un homme bon.

Pour illustrer ce credo, elle raconta à Sarah que tout au long de son union douloureuse, chaotique, avec Eva, il s'était montré exemplaire. « Le meilleur de nous », dit-elle. Depuis son décès, retiré de ses activités politiques et médicales, désormais à la retraite, il se consacrait à Agathe dans la mesure où la petite, qui n'était pas facile non plus, le lui permettait. Elle était rebelle à sa tendresse, comme si elle lui en voulait d'avoir laissé mourir sa mère. Maréchal en avait développé un sentiment profond de culpabilité.

Autre preuve à l'appui de la défense : le nombre de ses amis. Inversement proportionnel à celui de ses ennemis, qui n'avaient jamais été légion, il incluait ces étudiants étrangers qui venaient nourrir leurs thèses de troisième cycle ou d'Etat à ses fabuleuses archives. Beaucoup, parmi eux, entretenaient avec lui une correspondance, qui n'avait d'autre but que le progrès de leurs recherches et la constance de leur amitié.

— Avec un esprit mal tourné, reprit Astrid, on pourrait y voir une nouvelle trace du réseau que tu as imaginé, mais il n'en est rien. Je participe moi-même, dans ma spécialité, à des dialogues avec les universités où ces étudiants de Bernard m'ont eux-mêmes introduite. J'ai des correspondants en Amérique du Nord, du Sud et même au Japon. Nous dialoguons avec passion de la couleur plus ou moins cendrée des hérons selon les hémisphères, comme Maréchal de la découverte d'un manuscrit rare extirpé d'une bibliothèque ou d'un grenier.

Selon Astrid, Maréchal aurait vécu tranquille s'il n'avait eu autant de soucis avec sa fille. Il ne s'intéressait plus aux femmes ; son amour pour Agathe concentrait toute sa vie affective.

— Et le bridge ? s'enquit subitement Sarah, comme s'il y avait là une piste d'un monde interlope à ne pas négliger. Quelques ombres auraient pu s'en détacher.

— Il joue encore avec Pierre Rémond mais avec moins d'assiduité. Quand sa fille est à

Arcachon, il s'interdit d'en partir. Et quand elle est à Paris, il est tellement inquiet qu'il lui arrive de se désister des tournois les plus cotés où il était inscrit. Rémond ne lui en veut pas : il sait que Bernard a de gros soucis avec Agathe. Notre ami professeur d'histoire peut le remplacer au pied levé : il n'a pas son jeu intuitif et rapide, toujours en avance de plusieurs mains, mais il connaît ses atouts. Non, conclut-elle, ni le bridge ni la franc-maçonnerie ne te mèneront à ce réseau que tu voudrais voir exister… Le drame de Maréchal n'est pas celui-là.

Un nouveau silence s'établit entre elles. A la table où l'on festoyait entre hommes, l'un d'eux les toisait avec ironie. Il échangeait avec ses amis des clins d'œil entendus, des phrases qui ne devaient pas être flatteuses. Sarah, un peu saoule, regardait la cire couler en lave sur les bougeoirs et se fichait complètement de ce que ses voisins de table pouvaient penser. Le vin était délicieux. Astrid tournait le dos à ces voyeurs. Ses yeux aux pupilles dilatées s'étaient comme obscurcis. Des larmes qui ne coulaient pas lui donnaient un regard plein d'eau.

— J'aimerais te parler d'Eva…

La voix aussi avait changé, imperceptiblement fêlée.

— Je dois te parler d'Eva, poursuivit-elle avec fermeté. Car Eva est au cœur de ce drame. Personne d'autre qu'elle ne pouvait frapper Maréchal avec plus de cruauté.

Un silence. Puis Astrid ajouta :

— Tous ceux qui l'ont aimée le savent. Et tu peux me compter au nombre de ceux-là.

*
* *

Les gens d'à côté s'étaient levés et, sur quelques derniers coups d'œil narquois, ils étaient enfin partis, les laissant seules dans leur coin, avec des secrets sur lesquels le sancerre versait sa saveur fruitée.

— Les gens disent qu'Eva n'a jamais su s'acclimater à la région. Mais c'est faux. Elle aimait le climat d'Arcachon avec ses paysages de sable et d'eau. Elle l'avait immédiatement apprivoisé. Seuls les Méditerranéens, avec leur goût vulgaire des contrastes, des couleurs tranchées et violentes, ne comprennent rien à la Côte d'Argent. Ses reflets, ses nuances, les laissent insatisfaits ou ironiques. Je l'ai remarqué : qu'ils soient corses, niçois ou catalans, ils recherchent invariablement les terres brûlées et les soleils de feu. Côté océan, ils préfèrent Le Cap-Ferret qui rappelle les plages de Méditerranée. Ici, jusqu'au Pyla, c'est le royaume du gris. Sur le nuancier des peintres, il y a du blanc, du noir, un peu de bleu, un peu de jaune… Ni de rouge, ni d'ocre, tout un jeu de gris. Eva était la personne la mieux adaptée à ces couleurs-là et la plus attirée par elles. C'était la douceur même, Eva. Un être indéfinissable et un peu flou. Jamais un geste ni un mot de trop. Quoique blonde, d'un blond très pâle qui s'accordait à sa peau translucide – je ne l'ai jamais vue bronzée même en plein été –, elle s'habillait presque toujours en blanc…

Je me souviens d'un manteau que Bernard lui avait offert : un vison qu'il avait acheté chez Dior lors d'un de ses séjours à Paris, un vison blanc. Elle l'adorait. Les Arcachonnais qui n'ont pas l'habitude des fourrures la voyaient avec étonnement traverser leurs hivers trop doux dans cette peau somptueuse. Ils la trouvaient arrogante. Une provocation de plus de la part d'une femme silencieuse et farouche, qui fuyait leur commerce et préférait sa solitude à leur compagnie.

Astrid raconta à Sarah combien cette jeune Géorgienne, Moscovite d'adoption, s'était au contraire « acclimatée ». Elle la comparait aux aigrettes blanches, une espèce d'oiseau exotique d'une élégance sans rivale. Pour la distraire, elle l'avait amenée à découvrir les dunes et les îles, les passes et les bancs de sable, visibles à marée basse, qui servaient d'escale aux oiseaux migrateurs. Eva n'était pas seulement charmée ou conquise comme tant d'autres amis de passage qu'Astrid initiait aux beautés océanes. Elle semblait acquise au paysage. Comme si elle avait pu habiter cette mer et ce sable dans une autre vie, inconnue d'elle et qui aurait précédé la sienne.

— Je n'ai jamais eu à lui démontrer ou à lui expliquer la beauté des paysages marins. Elle la ressentait au plus profond d'elle-même.

Astrid marqua une pause. Ce qu'elle allait dire méritait qu'elle cherche un peu ses mots. Sarah attendait, émue de cette émotion qui submergeait Astrid, pourtant si rationnelle et si claire.

— Il y avait la mer écrite en elle, dit-elle gravement.

Sarah s'abstint de tout commentaire. Mais elle aussi aimait beaucoup la mer.

Astrid ne fit pas seulement partager à Eva sa science et sa passion des oiseaux. Elle l'initia aux secrets de la Réserve naturelle, où elle étudiait les espèces et leurs évolutions. Le grand parc ornithologique devint leur promenade préférée. Eva, pourtant frivole, éprise de luxe, de robes de couturiers et de fourrures blanches, pouvait marcher pendant des heures sur le sol sablonneux, souvent boueux, dans l'odeur de goémon et d'herbes humides. Astrid avait essayé de lui apprendre à reconnaître les oiseaux qui peuplaient le parc selon les saisons. Mais Eva s'en moquait. Ce qu'elle aimait, c'était marcher, infatigable, sur ses longues jambes d'échassier. Elle se mêlait si bien à la faune, à la flore, qu'elle leur appartenait, comme tous les oiseaux. Sa fluidité, sa légèreté étonnaient Astrid qui avait pris ce bonheur passager, si rare chez Eva, pour un amour de la Nature. Mais c'était autre chose, plus profond, plus sauvage. Ce qui animait Eva, dans ces longues marches au milieu des dunes et des pins, c'était d'avoir trouvé son véritable milieu. Son « climat ». Astrid insistait. Eva fusionnait avec la nature marine, entre ciel et eau.

— Au fond, dit-elle, elle était un oiseau de mer.

Bernard qui avait d'abord cru la séduire avec la vie luxueuse et protégée qu'il lui offrait avait fini par comprendre qu'Eva demandait autre chose. Des échappées. Des envolées. Des rêves. Tout ce qu'il y a de plus difficile à exaucer. Elle-même ne réclamait jamais rien mais, si gentille fût-elle avec tout le monde, on la sentait insatisfaite. Pleine de désirs inexprimés qui finissent par mettre de la tristesse dans les atmosphères les plus unies et harmonieuses. Quelque chose n'allait pas.

— J'ai d'abord mis ce quelque chose sur le compte de l'exil, dit Astrid. Comme Bernard, j'ai pensé que la Russie manquait à Eva. Nous croyions qu'elle avait le mal d'un pays, dont elle ne parlait pourtant jamais. Bernard s'accusait de ne pouvoir donner à sa femme ce qu'elle attendait – il ne savait pas quoi. Quand leur fille est née, d'ailleurs avant terme et au cours d'un accouchement difficile qui a failli coûter la vie à la mère, Eva a paru sortir de sa coquille. Le même bonheur que je croyais déceler sur son visage lors de nos promenades sur les plages, fugace et bref, se lisait à livre ouvert dans ses yeux, dans son sourire. Bernard en fut comme moi surpris, puis soulagé et plein de reconnaissance. Eva enfin heureuse, que désirer de plus ?

Très vite pourtant, après la naissance d'Agathe, la nostalgie a repris Eva. Le répit auquel nous rendions grâces ne dura pas plus qu'un an ou deux. Eva emmenait sa fille dans des promenades quotidiennes au bord de l'eau. Nous n'allions plus au parc, elle n'en avait plus envie. Elle préférait être seule avec l'enfant et les oiseaux. Mais au lieu du bonheur escompté, de l'épanouissement attendu, elle rentrait épuisée. Comme si la promenade n'avait pas tenu sa promesse. Comme si ses espoirs étaient déçus. L'enfant pleurait, quand Eva la laissait pour prendre des bains qui duraient des heures, enfermée à clef dans sa salle de bains. Bernard, sensible à cette nouvelle détresse, me racontait qu'il n'osait pas la déranger. Elle passait de plus en plus de temps en peignoir à traîner dans la maison, de son lit à une chaise longue installée exprès pour elle dans le salon. Elle lisait peu. Elle devait rêver… Près d'elle, sur un guéridon Louis XVI, la lampe restait allumée même en plein jour. Il y avait une rose blanche dans un vase à col de cygne ; Bernard veillait à les renouveler. Eva jouait avec Agathe sur les tapis. Elle dessinait aussi des petits personnages, des clowns et des acrobates, qui faisaient rire l'enfant aux éclats. Mais Eva ne riait jamais.

Astrid avait gardé quelques-uns de ces dessins qu'Eva lui avait donnés. Ils ne contenaient rien d'inquiétant. Au contraire. Des scènes de cirque, en quelques traits naïfs au pastel. Des visages grimés d'Arlequins ou de Pierrots et des corps d'hommes-oiseaux, volant d'un trapèze à un anneau. Un psychanalyste aurait sûrement décrypté ces messages d'un inconscient enfantin et fragile. Mais ni Bernard ni Astrid ne soupçonnaient alors l'ampleur de la solitude qui, ancrée au cœur d'Eva, la rendait de plus en plus inadaptable au monde des humains, à sa famille, à tous ceux qui l'aimaient.

— Car je l'ai aimée… murmura Astrid d'une voix à peine audible.

C'était un amour secret qu'elle lui confiait ce soir, dans l'intimité de ce tête-à-tête entre femmes. L'amitié qu'Astrid vouait à Maréchal l'aurait frappé de traîtrise, si elle avait osé le rendre public. Eva, d'ailleurs, lui échappait. Comme elle échappait à son mari et, de jour en jour, à sa fille.

Les deux dernières années de sa vie, Eva remit en effet Agathe aux soins sévères d'une nurse anglaise. Bernard l'avait engagée sur sa demande et recrutée directement à Londres, auprès d'une agence qui fournissait les grandes maisons en un personnel aussi stylé que sous le règne de Victoria. Astrid était d'avis que « Nanny » tyrannisait l'enfant et assommait tout le monde (sauf Eva) avec ses principes d'un autre âge. Mais Bernard, quel que fût le prix, le plus souvent exorbitant, des vœux de son épouse, ne discutait plus rien. Il détestait la nurse tout en s'efforçant de la supporter. Pour tirer un sourire d'Eva, il ne savait pas quoi inventer. D'autant que, comme je te l'ai déjà dit, elle exprimait rarement ce qu'elle voulait. Il essayait de deviner. « Le pauvre !, dit Astrid. Il tombait toujours à côté. » La nature incertaine d'Eva vouait ses efforts les plus louables à l'échec. Il pensait la combler avec des objets de luxe et des parfums, des domestiques et des fleurs. Et puis un jour, avant son anniversaire qu'on fêtait en septembre, elle avait dit ce qui lui ferait vraiment plaisir. Bernard en fut ahuri. Presque choqué. Car ce qu'Eva désirait plus que tout au monde (ce fut sa phrase), c'était un bateau de pêche ! Moi, ce désir ne m'étonna pas vraiment. Il était dans sa logique – la mer avait envoûté Eva, elle cherchait physiquement sa compagnie, son contact.

Bernard qui, en toutes occasions, se comportait avec elle en père Noël a tenu à réaliser ce vœu. Il lui a acheté un petit bateau en bois, peint de couleurs vives – bleu, rouge, jaune. Un vrai jouet. Nous sommes allés le découvrir ensemble, tous les trois. Eva était ravie ; elle avait les joues en feu et applaudissait avec enthousiasme du haut du quai. Une petite fille enchantée. Bernard avait fait graver son nom en lettres bleues sur la coque. Un vieux pêcheur piloterait l'*Eva* pour elle : il était à sa disposition vingt-quatre heures sur vingt-quatre, à quelques pas d'ici. Elle s'y faisait conduire à n'importe quelle heure et elle embarquait. Si la marée était haute, l'*Eva* prenait la mer. Sinon sa propriétaire restait tranquillement à bord, amarrée au quai. A sa demande, s'ils ne partaient pas naviguer, le pêcheur la laissait seule. Ses après-midi se déroulaient désormais au fil de l'eau.

Elle ne manquait à l'appel de la mer que lorsque sa maladie la clouait au lit. Une maladie bizarre. D'inexplicables douleurs dans le dos et les jambes. On lui donnait de la cortisone pour la soulager. Bernard craignait qu'on ne doive un jour recourir à la morphine, tant elle souffrait. Il l'a fait examiner par les plus grands spécialistes du dos et des vertèbres, mais aucun rhumatologue ni les neuropsychiatres eux-mêmes n'ont rien pu déceler. Les crises duraient plusieurs jours. Eva restait au lit. On lui portait ses repas sur un plateau. Elle grignotait du chocolat, des amandes. A cette petite fille malade, Bernard pardonnait tous les caprices.

Dans l'auberge, les derniers dîneurs partis, on éteignait une à une les chandelles des tables. Astrid régla l'addition. Elles sortirent déambuler sur le port où de frêles embarcations aux mâts desquelles brillaient des lampes-tempête cliquetaient à marée haute. L'un de ces bateaux était-il l'*Eva*?... Sarah le cherchait des yeux tout en songeant à sa propriétaire, cette mystérieuse Géorgienne, au caractère de sirène, qui avait trouvé sur les rivages océaniques son véritable élément. Astrid se taisait, plongée dans de sombres réminiscences. Sarah n'osait pas la distraire en lui demandant ce qu'étaient devenus le bateau et le vieux pêcheur de Larros. Elle rêvait de son côté, un peu distraitement, à la marginalité d'Eva, à son étrange drame. Elle aussi était une princesse – impossible d'en douter. Elle appartenait à cette espèce éternellement vivace, que la plupart des gens n'aiment pas. Capricieuse et frivole, exigeante sans même en avoir conscience, la vie humaine étant trop rude à ses yeux et trop en deçà de ses désirs, comme toutes ses sœurs moulées à l'identique, elle était vouée au malheur. Principessa… Comment disait-on en russe ? D'Annunzio n'employait ce mot, pour lui telle une caresse, qu'en italien, même s'il s'adressait à Natalia de Goloubeff.

Etre une princesse ne donne pas un droit au bonheur.

Quel destin Eva avait-elle fui en épousant Maréchal ? Celui d'une existence sous surveillance dans l'ancienne URSS où les libertés n'avaient pas plus cours que les plaisirs du luxe et de l'abondance ? Ou quelque chose de plus grave et mystérieux qui entravait son âme, l'empêchait radicalement d'être de plain-pied avec la vie ? Avec ses airs hautains et sa volonté d'isolement, avec son vison blanc et son allure d'oiseau sauvage, les Arcachonnais l'avaient jugée sans pitié ni indulgence. Leur hostilité dont elle était assez fine pour capter les moindres ondes l'avait blessée, renfermée davantage. Selon Astrid, Eva était plus timide qu'arrogante. Elle craignait le contact avec les gens. Pourtant dès qu'on l'apprivoisait, qu'on lui manifestait de l'attention – une attention positive –, elle offrait ses services : « Qu'est-ce qui te ferait plaisir ? » était une de ses phrases préférées. Bien qu'elle ne pensât jamais à adoucir la vie de Bernard par le cadeau d'un sourire ou d'un regard tendre qui l'auraient évidemment comblé, elle se ruinait en cravates.

— Il continue de les porter, ce sont des cravates Hermès, imprimées d'animaux naïvement stylisés, qui ressemblent à ses dessins. Moi, elle m'offrait des châles de cashmere et des parfums. Alors que je ne supporte que mon Shalimar, j'ai porté le Diva qu'elle avait choisi exprès pour « me faire plaisir »... Il y avait chez elle une obstination qui rendait inutile tout espoir de la changer. C'était une délicieuse tête de mule, ajouta-t-elle à mi-voix.

Debout, les mains dans les poches, face aux bateaux du port, elle avait l'air d'adresser à Eva un dernier et affectueux compliment devant la mer. Sarah voyait bien que les défauts d'Eva – son égoïsme, son comportement tyrannique, ses attitudes d'enfant gâtée – n'étaient que des charmes supplémentaires aux yeux de ceux qui l'aimaient.

— Ici, elle est encore vivante, dit encore Astrid.

Puis, avec un accent lourd de regrets, au moment de quitter le port :

— La mer, elle l'adorait… Mais moins qu'un homme. L'homme de sa vie… Et ce n'était pas Bernard, tu l'as bien sûr deviné.

Là-dessus Astrid se tut et elles retournèrent d'un même pas à la voiture. Sans doute en avait-elle trop dit ce soir. Lorsqu'elle déposa Sarah devant le porche de la villa Teresa, le silence était si complet entre elles que sa propre voix, au moment de se séparer, surprit Sarah. Elle lui souhaita en effet, du fond du cœur, une bonne nuit en italien.

Buona Notte… Les mots lui étaient venus comme ça.

Dans la grande maison vide où elle avait monté les étages quatre à quatre et fermé à clef la porte de la chambre, les fantômes l'avaient suivie. Pendant la nuit, pour la première fois depuis longtemps, elle avait rêvé d'oiseaux, ce qui ne pouvait l'étonner après la conversation de la veille. Seulement, au lieu de jolis envols, d'agréables battements d'ailes, d'élégantes traversées ou de migrations au long cours, des rapaces l'avaient assaillie. Elle détestait les oiseaux, depuis qu'adolescente, elle avait vu le film d'épouvante d'Alfred Hitchcock.

Les vingt mille espèces qui peuplaient le ciel lui inspiraient une égale aversion. Les plus jolies et les plus colorées, les plus inoffensives, toutes l'effrayaient. A Venise, elle n'avait jamais pu traverser la place Saint-Marc et ne supportait pas de rester assise à la terrasse des cafés. A Paris, elle évitait le Champ de Mars pour la même raison. Le dégoût du pigeon, qui est pourtant bonhomme et ne connaît pas d'autre activité redoutable que celle de roucouler, s'était changé en véritable phobie. Mais ce qu'elle redoutait particulièrement, à cause de leur ressemblance avec les oiseaux du film – Hitchcock ayant situé son drame quelque part près d'un océan – c'étaient les mouettes et leurs cousins, qui habitent les rivages, surtout les goélands. Massifs et lourds, agressifs et carnassiers, avec leurs becs épais et tranchants qui s'emparent des poissons dans les vagues.

Aussi sur la plage ne s'approchait-elle jamais des mouettes que les enfants s'amusent à poursuivre jusqu'à ce qu'elles s'envolent vers le large. Elle se tenait à distance et serrait les poings, saisie encore après toutes ces années d'un sentiment insurmontable de terreur. C'est pour cette raison qu'elle avait décliné l'invitation d'Astrid à l'accompagner le lendemain au Parc du Teich. Celle-ci lui avait proposé de l'initier à sa passion d'ornithologue, à l'occasion d'un pèlerinage sur les terres sacrées d'Eva. Mais, à la seule idée de marcher au milieu de centaines et de centaines de ces vertébrés ovipares au sang chaud – la définition que lui avait livrée Astrid suffisait à déclencher sa répulsion –, Sarah s'était rétractée. Cette nuit l'en avait punie, puisque les oiseaux l'avaient poursuivie jusque dans sa chambre, inutilement verrouillée.

Dans son rêve, elle avait eu l'illusion que les assaillants pénétraient par la fenêtre ouverte, avec des cris affreux qui évoquaient l'humain. Ils plongeaient sur elle, l'écrasaient de leur poids de plumes, elle sentait leurs corps chauds et battre leurs cœurs à travers le duvet. Une sensation moite et collante. Ils déchiraient les draps, sa chemise, s'attaquaient à sa peau… Elle s'était réveillée en sursaut, de dégoût autant que de peur. Il lui avait fallu quelques secondes pour comprendre qu'elle était non seulement vivante mais intacte, toute seule dans le grand lit vide. Une odeur de goémon, comme une trace de son rêve, emplissait encore la chambre. Apportée de la mer par un vent favorable, elle avait pu influencer son sommeil en changeant l'atmosphère. Elle était bien réelle. Chaque objet à sa place dans la pénombre, les longs voilages flottant légèrement sur l'air du dehors, Sarah finit par s'endormir enfin, le drap frais tiré sur la tête, sans que reviennent la torturer les mouettes du Bassin ni les aigrettes blanches.

L'après-midi suivant, elle téléphona à Bernard Maréchal pour lui dire qu'elle ne viendrait pas consulter les archives et reprendrait son sac, s'il en était d'accord, le lendemain vers six heures. Il ne serait pas chez lui mais Agathe lui ouvrirait. C'était l'heure hebdomadaire de sa leçon de russe.

— Avez-vous fini vos recherches ? s'enquit-il.

Elle lui répondit qu'elle ne savait pas encore, qu'elle avait besoin de quelques jours pour classer ses notes, réfléchir, prendre du recul.

— Je le remarque chez tous les chercheurs, s'amusa Maréchal. Ils viennent ici avec l'intention de travailler dur. Les premiers temps, ils ne mesurent pas leurs efforts et ne voient pas passer les heures. Je suis obligé de leur rappeler qu'il faut rentrer dîner… Ils n'ont dès lors qu'une hâte : revenir le lendemain. Cela dure, selon les cas, de six à dix jours. Jamais plus. Invariablement, on me déclare un beau matin – ou un bel après-midi comme aujourd'hui – qu'on a besoin de recul !

— Vous avez raison, dit Sarah. La vérité c'est que j'ai envie d'aller me promener et, plus encore, l'envie de ne rien faire du tout !

— Farniente… C'est le mot de passe d'Arcachon. Personne n'y peut rien : le climat des tropiques est fatal au travail ! Et ici, nous vivons dans un microclimat tropical.

Il dit aussi qu'il regrettait de ne pas la voir. Sa présence dans la bibliothèque lui manquerait… Touchée par cet hommage, qui n'était peut-être qu'un réflexe de galanterie, Sarah y trouva cependant un ton de sincérité. Il était fort possible que Maréchal, ainsi qu'Astrid le lui avait décrit, se sentît trop seul parmi ses précieux livres, malgré la compagnie adorée mais perturbante et instable de sa fille unique.

— Appelez-moi si vous avez besoin de renseignements, ajouta-t-il. Je me ferai un plaisir de vous les donner.

Là-dessus elle raccrocha, passa un moment au salon à contempler les personnages chinois des Coromandel et les dessins moirés des coussins Fortuny. Puis elle se décida. Elle se dirigea vers la bibliothèque, ouvrit la porte et, rassemblant son courage, s'avança résolue vers l'étagère aux partitions. Elle enleva des livres pour pouvoir fouiller méticuleusement le coin. En passant la main sur les planches, juste derrière les volumes qui restaient alignés, elle n'en retira que des trophées dérisoires : de la poussière et une grosse bille de verre, restée coincée dans l'interstice, entre le mur et le bois. Colorée de quartz rose, percée à ses deux bouts, elle avait dû appartenir à un de ces colliers semi-précieux, qui évoquent le corail et les coquillages, comme celui qu'elle avait remarqué au cou du professeur de philosophie. Cette perle de verre isolée lui rappelait Venise, où de nombreuses boutiques en vendent de semblables, à ajuster soi-même ou déjà assemblées en de ravissantes montures. C'était de la verroterie. De la pacotille. Mais qui brillait d'autant de feux que de vrais bijoux. Elle en avait possédé un, dans ces mêmes tons de quartz. Un collier ancien, de style Belle Epoque. Sa mère le lui avait offert pour ses quinze ans. Elle l'avait gardé longtemps, bien après la mort de sa mère. Puis le fil s'était cassé et les petites billes colorées avaient roulé à terre. La plupart s'étaient brisées. Elle en avait oublié une dans le fond d'un tiroir, où elle devait se trouver toujours.

Elle se tourna alors vers la partie est de la bibliothèque – celle où était classée l'œuvre complète de Gabriele D'Annunzio. Inspirée par la petite boule qu'elle tenait dans sa main, elle la fit rouler sur le dos des reliures, au risque de la laisser tomber, puis la frotta méthodiquement contre *Il Piacere*, comme si elle attendait qu'en jaillisse une étincelle. Ses gestes étaient machinaux, probablement stupides.

La petite bille avait la situation en main. C'est elle qui guidait Sarah, tel un pendule. Elle s'arrêta sur l'édition italienne de *La Città morta*. Un livre que Sarah n'avait pas encore lu, même en français (l'édition française se trouvait juste au-dessous). Elle prit l'ouvrage. En le feuilletant, elle y trouva insérée une lettre dont l'écriture, fréquentée assidûment depuis quelques jours, ne lui laissa aucun doute. Signée Gabri, de ce petit nom destiné aux amours, et rédigée dans un français précieux mêlé de mots italiens, elle était adressée à sa « princesse », à sa « mie », à sa « sœur virginale » (tous mots usuels et banals sous la plume amphigourique du poète), puis, soudain (en milieu de lettre), à sa « Teresa, amata amatissima »...

Le nom apparaissait enfin !

D'Annunzio terminait son message amoureux par une formule que Sarah avait lue souvent au-dessus de sa signature : il lui accordait un certificat d'immortalité.

Ainsi Teresa figurait-elle dans le troupeau des amies intimes et adorées du Commandante.

Sarah explora un à un chacun des volumes en italien puis ceux en français qu'elle n'avait pas déjà retirés de la bibliothèque pour les lire dans sa chambre, mais elle ne put trouver aucune autre lettre ni aucune autre relique de cet amour méconnu.

La personnalité de Teresa se dérobait toujours. Savoir qu'elle avait été la maîtresse de D'Annunzio ne lui donnait pas un visage, bien que cela lui conférât une chair. C'était une personne physique maintenant, très physique, puisqu'elle avait séduit D'Annunzio.

On ne pouvait pas douter qu'elle s'était donnée à lui : il ne décernait ses certificats d'immortalité qu'aux plus grandes amoureuses. La définition n'était pas du tout platonique. Pour mériter ce titre, il fallait posséder des dons physiques exceptionnels, un talent incomparable pour les caresses et avoir réussi l'épreuve du coït, à laquelle D'Annunzio mesurait ses partenaires. Le certificat couronnait des vertus sexuelles. C'est peut-être pourquoi Romaine Brooks n'en reçut jamais…

Tuberculeuse ou pas, cette résidente de la Ville d'Hiver qui avait donné son nom à la villa était une femme qui savait aimer. Comme Natalia de Goloubeff, qui possédait le sien, elle avait reçu les félicitations suprêmes du Commandant – un expert ès vibrations.

Quel âge pouvait-elle avoir à la date de sa liaison avec le poète ? C'est-à-dire entre 1910 et 1914, années où D'Annunzio habita Le Moulleau… A supposer que Teresa fût née en 1885, elle aurait eu vingt-cinq ans dans les bras de Gabri. Le scénario était crédible. Si cependant Horus avait choisi le site particulier de la Ville d'Hiver, conçu pour des malades contagieux et peu couru par conséquent par les gens en bonne santé (sauf ceux qui accompagnaient les phtisiques dans leur long séjour au bon air), c'était forcément dans l'espoir de soigner un membre de sa famille. Or, Teresa venait à peine de naître. La maison n'avait donc pas été construite pour elle mais pour quelqu'un d'autre. Alors, pour qui ? Sa mère ? Ou un autre enfant d'Horus, plus âgé, un frère, une sœur ? Sarah nageait parmi les hypothèses et le personnage de Teresa restait une énigme.

Une chose était sûre. Le certificat d'immortalité. En aimant la mystérieuse Teresa, le poète italien se vantait de lui avoir fait « le cadeau suprême » (son expression). Sarah n'avait pas eu besoin de traduire ce qu'il entendait par là car il l'avait écrit en français : c'était « le septième ciel » ! D'Annunzio cumulait tous les défauts de la terre, sauf la modestie.

Sarah allait remonter dans la chambre avec la lettre quand, sur une inspiration subite, elle revint sur ses pas. Elle voulait examiner à nouveau l'ensemble des ouvrages de D'Annunzio, cette fois avec l'attention d'un inspecteur de police. Elle remarqua d'abord que les traductions françaises étaient conservées sous la couverture grise cartonnée de Calmann-

Lévy : publications ordinaires, destinées à la vente en librairies. Seules les éditions italiennes avaient été gratifiées des somptueuses robes de cuir pleine peau (maroquin ou chagrin ? Elle n'en savait rien) par un artisan relieur. Les titres et le nom de l'auteur y étaient gravés à l'or fin. Elles portaient toutes, de surcroît, une même estampille au bas du volume : la lettre H. Comme Horus, sans doute. Sarah, pressée de lire quelques romans ou poèmes en français, ne découvrait que maintenant ce détail. Iffla Horus était un d'annunzien si fanatique que non content de posséder la collection intégrale des ouvrages du poète, en langue originale, il y avait apposé son sceau. La bibliothèque contenait d'autres reliures de cuir, rouge (pour Goethe), havane (pour Shelley), et même noir (les plus belles, pour le poète Rupert Brook). Le vert, de même que l'estampille H., étaient réservés à D'Annunzio. Les autres livres reliés étaient gravés aux deux initiales de leur propriétaire : I.H. L'initiale du prénom ne figurait pas sur les livres verts.

Sarah revint vers eux. Pour en finir avec son enquête et aller au bout de l'investigation, elle vérifia une à une les éditions italiennes. Elle voulait s'assurer qu'elles ne contenaient pas d'autre lettre autographe ni une dédicace particulière sous leurs belles peaux. Elle était passée trop vite sur la page de titre et y observait à présent cette curiosité, l'ex-libris du baron. Chaque livre était en effet frappé aux armes de celui-ci et portait sa devise. Imprimée à l'encre noire, c'était une tête de faucon sur un corps d'homme : l'effigie du dieu solaire Horus.

Sous les pieds du dieu, Sarah lut ces mots en latin : *Rara avis in terra* – Oiseau rare sur la terre.

Dans l'espoir que les livres lui fourniraient les renseignements susceptibles d'éclairer la personnalité obscure du maître des lieux, Sarah les ouvrait, les fermait un à un. Puis elle les classa par ordre chronologique de parution, en se fiant à la date indiquée au début de chaque volume. Quarante ans d'écriture étaient conservés dans cette bibliothèque, en trente et un titres exactement… elle les avait comptés ! D'Annunzio, qui avait produit l'essentiel de son œuvre avant son séjour arcachonnais, avait continué à écrire jusqu'à sa mort. Sarah, forte de sa toute neuve érudition, en connaissait la date : 1938. *Notturno*, datant de 1921, était le dernier volume de la collection : Sarah le posa sur l'étagère après les trente autres.

1921 était l'année de la vente de la maison. Sarah avait gardé en mémoire la fiche que lui avait confiée Maréchal. Les Bordelais qui avaient acheté la villa pour ainsi dire en bloc, avec ses meubles et ses livres, n'avaient pas jugé bon de compléter par de nouveaux achats cet ensemble d'éditions italiennes, acquises avec le reste. Sarah ne pouvait plus douter que les paravents, les guéridons griffus et les lustres de Venise dataient du règne d'Horus.

Elle se demanda à ce propos comment un homme, si évidemment épris de raffinement et de culture, avait pu tout à coup céder dans sa totalité ce qui lui était si cher. La vente précipitée de la villa et le départ du propriétaire, qui laissait tout derrière lui, quel motif violent pouvait les avoir provoqués ? Une faillite ? Un événement extérieur à sa vie, comme une révolution ou un coup d'Etat dans son pays d'origine ? 1921, c'était les lendemains de la révolution russe et la guerre civile. Y avait-il là une nouvelle piste ? Ou fallait-il chercher dans la vie privée du baron les causes de cet abandon soudain et définitif ? Le décès de la personne pour laquelle il avait acheté le terrain et fait construire la villa. Le chagrin qui s'était ensuivi. L'impossibilité de continuer à habiter une maison où chaque meuble, chaque objet et l'air qu'il y respirait, évoquait le mausolée ou le tombeau. Parmi toutes ces hypothèses, pour le moins hasardeuses, une seule certitude : en 1921, année de *Notturno*, Horus avait liquidé son passé.

Sarah réfléchissait, troublée. Elle revint aux ex-libris. Ce symbole du dieu solaire n'était pas seulement pittoresque. Il contenait la philosophie du baron, son orgueil incommensurable (*Rara avis in terra*) et son goût des généalogies légendaires. Tel un dieu, il avait dû posséder de grands pouvoirs, même s'ils se limitaient au royaume terrestre ou au cercle étroit de la Ville d'Hiver. Sarah ne pouvait détacher son regard de ces tampons à l'encre où la tête du faucon, de profil par rapport à son corps, semblait tournée vers un mystérieux ailleurs. Comme dans ce jeu des sept erreurs où, comparant deux images, l'œil passe sur des détails différents sans les voir, elle prit soudain conscience qu'une anomalie s'était introduite dans la série. Mais oui… En les regardant mieux et en les comparant entre eux, elle s'aperçut que tous les ex-libris étaient identiques, à l'exception du dernier. Sur le cachet du *Notturno*, le dieu Horus pleurait.

Chacun possède un paysage intérieur qui entretient de souples correspondances avec son lieu de naissance. Pour Sarah, c'était le Sud qui l'habitait, mais un Sud indéfinissable où les criques de Cadaquès et les longues plages de sable de la Costa Brava se complétaient de palmeraies marocaines, de champs d'oliviers d'Apulie et de visions de déserts d'Afrique. Son Sud était aride et cadenassé, un domaine qu'elle gardait dans son cœur comme une terre secrète et menacée. C'était sa vraie et grande richesse, ce paysage qui s'était constitué avec les années ; elle s'y réfugiait mentalement, par réflexe de défense, quand les hivers parisiens l'emprisonnaient. Partout en exil, sauf lorsque l'été lui apportait sa dose vitale de lumière et de chaleur, de sensations brûlantes, elle avait pris l'habitude de recourir à ce monde imaginaire, afin de se nourrir en toutes saisons à son soleil.

Ce paysage secret, intime, il lui semblait qu'il s'était enlisé ici, dans cette région océane où les bancs de sable gris et les prairies d'algues à marée basse rendaient chaque jour sa présence irrévocable. C'était un Midi brumeux, plus tiède que brûlant, plus incertain qu'incendié, mais dont elle n'aurait pu nier la puissance. Pâle et irisé, peint tout entier aux pastels, il diluait les couleurs de son Sud à elle, son Sud de Méditerranée. La mer surtout la déconcertait. Pas assez bleue, instable, les lunes la chassaient trop loin à l'horizon, laissant derrière elle un désert verdâtre, couleur coquille d'huître. Elle n'y reconnaissait pas la mer de son enfance, la mer de ses amours. Mais si elle troublait sa vision, si elle égarait ses repères, elle possédait aussi, cette mer océane, un pouvoir de réfraction. Elle jouait avec la lumière, emportant et rapportant sans cesse à Sarah, en mouvements réguliers et incontrôlables, des morceaux de rêves, des esquisses de souvenirs, des éclats brisés d'une vie, jusque-là tout entière en eaux profondes.

Les peurs s'éloignaient. Déjà, dans la maison, elle ne sursautait plus au moindre craquement, au moindre grincement. Les oiseaux avaient été son dernier cauchemar. Le matin, tout lui paraissait aussi plus facile. Elle allait se promener à grands pas dans les allées du parc, autour de l'ancien Casino qui n'était plus qu'un souvenir de carte postale, mais autour duquel il lui semblait marcher. Elle se donnait pour but ce monument invisible et revenait par la place des Palmiers, juste pour respirer.

Ses fantômes l'escortaient toujours – Iffla Horus, D'Annunzio et ses princesses françaises, italiennes ou russes – mais leur présence était plus légère. Sarah ne sentait plus de menaces, elle recevait au contraire un réconfort de leurs ombres familières. Ils l'accompagnaient dans ses allées et venues et veillaient sur ses nuits. Elle s'était habituée à leur compagnie.

Avec les vivants, les rapports étaient plus confus. Sans prendre en compte la figure du libraire – un comparse pour lequel Sarah n'éprouvait aucune sympathie mais qui jouait son rôle comme tuteur d'Agathe. Ni celle des deux professeurs, avec lesquels elle ne noua jamais d'autres liens que superficiels, leur application érudite et leur amour du jeu (le bridge) renforçaient autour de Maréchal le rôle du Savoir, de l'Université, de la Tactique. Le Livre était au cœur de ces vies où le vent du large, pourtant si proche, semblait ne pas avoir accès. Sarah les trouvait enfermées, resserrées. On y manquait d'air. L'existence de D'Annunzio, si littéraire pourtant, avait d'autres battements d'ailes. Avec lui, on respirait.

Surtout, Bernard Maréchal, vis-à-vis duquel Sarah conservait une suspicion probablement injuste (elle continuait de l'imaginer au centre d'un réseau dont sa collection n'aurait été qu'une couverture : scénario digne d'un mauvais polar), semblait entretenir avec son entourage des relations tendues, voire conflictuelles. La sérénité manquait parmi ses proches.

Astrid Demasson le lui avait laissé entendre : ses propres liens avec Maréchal, s'ils remontaient à l'enfance et reposaient sur une trame solide, dont la fidélité était le principal pilier, se mêlaient à des sentiments moins amènes. L'ancienne complicité avait cédé devant un sentiment nouveau et douloureux de rivalité, dès qu'Eva était apparue en ville. C'est autour d'elle que les conflits avaient surgi. Astrid, amoureuse en secret de la belle Russe que Maréchal avait ramenée de Biarritz, lui en voulait moins de l'avoir épousée et de la garder chez lui comme un trophée de chasse ou une énième pièce, la plus rare, de sa collection, que de ne pas savoir la rendre heureuse. Elle avait confié à Sarah que leur vieille amitié avait failli se briser net à la mort d'Eva. La rancune s'était installée entre eux. Ils ne s'étaient pas brouillés et leur alliance ne serait jamais mise en question. Mais c'en était fini du bel élan d'autrefois. Astrid tenait Maréchal pour responsable du malheur d'Eva. Et Maréchal, lui, ne pouvait se défaire d'un agacement d'homme dont on a un jour convoité le bien. L'amie, la sœur, si longtemps protégée, s'était révélée un rival.

Il avait vu naître entre les deux femmes une amitié fervente puis Astrid prendre un net ascendant sur Eva. Il la soupçonnait de profiter de l'attirance de son épouse envers la nature et les oiseaux pour l'entraîner dans des promenades seule à seule. Selon Astrid, il craignait de voir s'épanouir la sensualité de cette trop jeune épouse, une sensualité qu'il n'avait pas su lui-même éveiller. Astrid était formelle : « Eva, disait-elle, était restée pour lui une femme-enfant. » Il ne pourrait jamais combler son épouse, comme il l'aurait souhaité. Aussi se montrait-il méfiant : il avait essayé de tenir Astrid à distance, en dérobant Eva à sa compagnie sous des excuses diverses dont elle n'était pas dupe. Influençable, Eva s'était laissé retenir et Astrid avait dû espacer ses visites. La naissance d'Agathe les avait encore éloignées l'une de l'autre. Astrid accusait Maréchal d'avoir isolé son épouse par esprit possessif et dominateur. En la privant d'une amie, « décidée à le rester » selon sa formule elliptique, il était (en grande partie, soulignait-elle) responsable de son déséquilibre affectif. L'attitude hautaine, si froide en apparence, d'Eva décourageait les cœurs les mieux disposés. Pourtant, « quand on la connaissait, dit Astrid, on devinait un tel foyer d'émotions ! ». A l'en croire, Eva, cette fille du Nord, était une incandescente.

— Il a eu peur que je la convertisse, avait-elle ajouté, non sans amertume, sous-entendant évidemment la fin de la phrase. Convertir à quoi, sinon à sa religion ?

— Eva n'aurait jamais cédé à mes avances. Elle était déjà profondément éprise.

Les confidences d'Astrid s'arrêtèrent là. Elle n'en avait que trop dit, emportée par le besoin de se confier. L'écoute attentive de Sarah, peut-être parce qu'elle était aussi une étrangère dans cette province où tout le monde connaît forcément trop de monde, facilitait ses aveux – retour sur soi et un passé à vif. Astrid et Maréchal partageaient une même passion déçue et malheureuse : Sarah prenait conscience qu'ils avaient tous deux aimé sans espoir de retour une femme aussi insaisissable que l'air, que l'eau. Elle interrogea Astrid pour tenter de comprendre ce climat incertain et ces lames de fond qu'elle devinait confusément dans l'entourage de l'ancien conseiller. Aussi étrange que cela paraisse, Maréchal n'ignorait pas qu'Eva était « profondément éprise » d'un autre homme que lui. Astrid affirmait qu'il l'avait épousée en toute connaissance de cause. Mieux même, il acceptait ce fait. Si sourcilleux à l'égard des sentiments naissants d'Astrid, il avait fait preuve à l'égard du rival véritable, pourtant autrement plus dangereux, d'une tolérance admirable.

— Il a toujours su qu'il devrait se contenter de l'estime et de la tendresse d'une femme qu'il adorait. Mais rien de plus… Et que pour la garder sa patience se devrait d'être inépuisable.

Il était persuadé de mourir avant elle. C'était une de ses fiertés de penser qu'il avait une femme de tant d'années plus jeune qu'elle aurait une autre vie après lui, plus facile et plus généreuse. Il avait tout préparé, lui avait dit Astrid. Tout était au nom d'Eva, en prévision de son départ. Il tenait à la mettre à l'abri des privations dont elle avait eu à souffrir en Russie. Ce qu'il n'avait pas du tout prévu, c'est qu'Eva les laisserait seuls tous les trois, lui, Agathe, et l'autre homme aussi.

La jeune fille semblait concentrer sur sa personne les ondes radio-électriques que Sarah croyait détecter dans le cercle de Bernard Maréchal. De pôle majoritairement négatif, elle irradiait l'agressivité et les complications. Son père était sa principale cible : ses paroles, ses moindres remarques, son comportement même l'exaspéraient. Comme si elle le tenait pour responsable du drame, elle lui faisait payer plus ou moins consciemment la mort prématurée de sa mère. Elle vibrait de reproches, mais ne savait rien exprimer d'autre que la mauvaise humeur. Lui ne haussait que rarement le ton, il passait sur ses airs revêches, sur ses caprices. Son indulgence, qu'elle prenait pour de l'indifférence, la jetait dans des crises de rage. Elle en rajoutait pour le provoquer mais n'obtenait jamais que des mots de réconfort. La pitié paternelle la révulsait.

Sarah trouvait bizarre qu'à son âge et alors

qu'elle venait tout juste de s'inscrire à la faculté des Beaux-Arts de la rue Michelet, la jeune fille ne fût pas en train de suivre des cours ou de se promener au Luxembourg avec les autres étudiants. L'année universitaire battait son plein. En vacances à contretemps, elle semblait aussi désœuvrée qu'esseulée et ne fréquentait ici que des adultes, amis et relations de son père, dont elle boudait d'ailleurs les conversations. Pour éviter qu'elle ne passe tous ses après-midi au cinéma ou qu'elle ne traîne dans les rues sa ravissante silhouette et ses jupes trop courtes, Maréchal l'avait poussée à suivre un stage au Jardin d'Epicure, mais le peu de motivations et le manque d'intérêt d'Agathe pour la librairie étaient flagrants. Par esprit de contradiction, elle disait qu'elle haïssait les livres et leur préférait les films ou les bandes dessinées. D'où son allergie à la personnalité de Pierre Rémond : son parrain et le meilleur ami de son père était l'incarnation de la passion livresque.

Autour d'Agathe, aucune amie, aucun flirt de son âge. Sa mine revêche devait éloigner les garçons et les filles qui auraient été tentés de se lier à elle, attirés par son allure de gazelle et ses grands yeux en amande, barbouillés de khôl. Les décourageait-elle ou subissait-elle malgré elle l'espèce d'apartheid qui l'isolait de sa génération, la privait de gré ou de force de la compagnie des gens de son âge ? A Arcachon, elle connaissait au fond le même exil que sa mère.

Sarah ne l'avait vue sourire et se détendre qu'en présence de l'ami russe de ses parents. Avec André V. la jeune fille changeait complètement d'expression. Son humeur ombrageuse s'estompait comme par miracle ; une lumière enfin adoucie la rendait tout à coup très séduisante. Mais dès qu'elle se sentait observée, elle reprenait ses distances. Son visage se figeait.

Lorsque Sarah était retournée chez Bernard Maréchal, Agathe lui avait ouvert la porte avec sa tête des mauvais jours. Sans lui proposer d'entrer ni même lui dire bonjour, elle lui avait tendu le sac oublié comme s'il était sale ou contagieux, avec mépris et peut-être pire encore, Sarah ne savait trop quels sentiments hostiles. Puis elle lui avait claqué la porte au nez. Au point que Sarah en était restée stupéfaite. Plus tard, au moment de régler la course du taxi qui la reconduisait à la Ville d'Hiver, elle avait constaté qu'il manquait plusieurs billets dans son portefeuille. Elle aurait pu revenir sur ses pas et demander des comptes à la jeune fille. De la mauvaise graine, voilà ce qu'elle s'était dit, très agacée. Mais elle aurait été incapable de lui faire le moindre reproche ou de l'accuser. L'adolescence, si visible et émouvante chez Agathe, était aux yeux de Sarah une blessure profonde et peut-être incurable. Elle avait préféré n'en rien dire. N'en rien penser.

Elle avait terminé la journée comme quelqu'un qui vient d'être agressé, commotionnée. Sous ce parfum de fraise, trop sucré, Agathe cachait sa vraie nature. Acide et urticante, elle se défendait à sa manière d'un monde qui contrariait ses rêves, à trop lui résister.

Au large de Cadaquès, loin de ses maisons blanches et de ses rochers rouges, en pleine mer.

Sarah avait seize ans, dix-sept ans peut-être. Allongée toute nue sur le pont d'un bateau, elle s'offrait au soleil dans le bonheur qui était toujours le sien quand il brûlait au zénith. Elle savourait l'extase. A la barre, un homme la contemplait. Elle le savait, elle aimait ce feu du regard sur le feu du soleil. En chemise blanche et pieds nus, elle n'avait pas besoin d'ouvrir les yeux pour le voir. Ses cheveux gris, son regard clair, sa bouche et ses épaules, ses mains, elle connaissait tout de lui. La mer clapotait autour d'eux, il avait arrêté les moteurs, pas un souffle d'air ne leur parvenait. Ils étaient seuls tous les deux. C'était l'heure de la sieste, même les oiseaux dormaient. Le bateau se balançait au rythme des vagues, le corps de Sarah en épousait le mouvement comme si elle faisait la planche sur l'eau, à la dérive. Il y avait une grande paix et un grand silence. Rien que le bruit de l'eau.

Et puis cette respiration profonde, haletante, qui approchait d'elle, cette respiration amoureuse qu'il lui semblait entendre encore, aujourd'hui, en regardant la mer du haut de la Ville d'Hiver.

L'homme la caressait. Il la prenait avec un mélange de douceur et de force qu'elle ne connaîtrait plus. Il était son amour. Un amour qui la laisserait orpheline, un jour.

C'était un ami de ses parents. De sa mère, surtout. Sarah n'avait jamais appris la nature de leurs liens. Il avait un domaine au Maroc – des terres à vignes et à oranges, du côté de

Tanger. Là où elle était née et d'où lui venait sans doute son penchant passionné pour l'été. Ses parents s'y étaient rencontrés et mariés – elle faisait ses premiers pas quand ils étaient rentrés en France. Son père, négociant exportateur, avait transporté ses affaires au grand marché de Rungis. Sa mère qui, à Tanger, se contentait de s'occuper de sa maison – une maison blanche avec un patio et une fontaine –, devint professeur de lettres dans l'enseignement privé – elle n'avait pas les diplômes requis pour les lycées. L'ami venait les voir quelquefois. Sarah devinait aussitôt sa présence : l'atmosphère familiale, avec sa monotonie rigide, devenait soyeuse et l'air aussitôt caressant.

Il posait sur elle, depuis son enfance, des regards qui n'étaient pas d'un père. Elle les fuyait, parce qu'ils la troublaient et l'attiraient, elle ne savait pas y répondre.

Elle avait surpris sa mère à plusieurs reprises échanger avec lui des mots à mi-voix. Des mots à l'intonation mélodieuse qu'elle n'avait pas dans les conversations ordinaires, des mots dont Sarah n'avait saisi que la musique, insidieuse et elle aussi troublante.

La vie des adultes ne l'intéressait pas. Ni

surtout celle de ses parents. Elle traversa son enfance et même l'adolescence en rêvant à tout autre chose qu'à ce qu'elle avait sous les yeux. Elle poursuivait des chimères, plus réelles que ce qui l'entourait. L'été seulement, elle sortait de sa léthargie et de son indifférence. Elle renaissait. Ses parents, malgré la rupture avec Tanger, gardaient le goût des plages brûlantes du Sud. Ils l'emmenaient à Hyères, à Ibiza ou dans les calanques de Cassis. Cadaquès, c'était une idée à elle. Une espèce de désir fou qu'elle avait cru, comme tous ses rêves, ne jamais voir exaucer. A sa grande surprise, alors qu'on la tenait habituellement sous contrôle et tutelle, on l'avait laissée partir. Ses parents qu'inquiétait son anorexie avaient suivi le conseil d'un médecin qui préconisait l'éloignement pour soigner les crises d'adolescence. Cet allié inattendu ouvrait enfin la porte de la cage. Ce devait être en 1969 ou 1970. Elle rejoignait la famille d'une amie rencontrée à la Sorbonne. Une famille beaucoup plus libérale que la sienne ou moins attentionnée, et qui avait eu la bonne idée de l'accueillir dans sa maison catalane.

La thérapie avait prouvé en quelques jours

son efficacité : loin de chez elle, libérée des contraintes, elle avait pris des formes et des couleurs. Brûlée par le soleil, nourrie d'abricots et de churros, des beignets au sucre qu'elle emportait sur les rochers, elle passait l'été comme un lézard. A ne rien faire, à ne rien attendre, ni rien espérer de plus que de s'abandonner au feu et à la lumière du Sud. Et puis, coïncidence, ou avait-il appris sa destination par ses parents eux-mêmes ? Au village, en revenant de la mer, elle avait aussitôt reconnu sa haute silhouette ; il marchait à sa rencontre et son cœur s'était mis à battre.

Il l'avait emmenée sur un bateau. D'abord avec son amie, puis seule. Ce fut comme si elle l'aimait depuis toujours sans l'avoir jamais su. Une telle évidence, une telle violence la portaient vers lui. Elle devenait une reine dans ses bras.

A Paris, sa mère n'avait pas compris. Elle avait laissé partir une maigre adolescente et récupéré une femme, à l'air tellement épanoui qu'il l'inquiétait aussi. Sarah n'avait bien sûr rien raconté ni confié, et la famille de sa camarade de lycée était restée discrète, complice en somme de ses amours. Mais l'état de grâce n'avait pas duré.

De Tanger, il revenait souvent, plus souvent que d'habitude. Il la regardait autrement. Sa mère les observait, prenait ombrage de leur complicité qu'elle découvrait et qui éclatait au plein jour. Son visage se durcissait. Sa voix, pourtant suave en présence de l'homme, s'aigrissait. Son père feignait de ne pas voir les nuages qui s'amoncelaient au-dessus de leurs têtes. Ou peut-être ne les voyait-il pas en effet. Occupé par ses affaires, par ses voyages, il avait d'autres soucis, d'autres priorités.

L'homme emmenait Sarah à l'hôtel comme sur son bateau. Elle continuait à le vouvoyer, ne prononçait pas son nom. Il était très amoureux, le lui disait, le lui répétait à l'infini. Pour Sarah, chacune de ses étreintes lui rapportait l'été. Des sensations de vacances, la mer et le soleil. Elle se laissait adorer.

De Tanger, il lui écrivait qu'il ne pensait qu'à elle, qu'il voulait l'épouser. Elle était paresseuse, préférait à l'effort de lui répondre le plaisir sensuel de le lire, de se savoir aimée. Pourtant un jour, sur une page toute blanche, elle avait écrit ce simple mot :

Oui.

Tout autre lui aurait paru de trop. Elle n'avait même pas signé, comme si son prénom allait de soi, unique, irremplaçable. Son orgueil de jeune fille adorée comme une déesse n'avait alors d'égal que sa confiance éperdue.

L'une de ces lettres reçues du Maroc, interceptée par sa mère au courrier du matin, provoqua l'orage. Sarah en détestait le souvenir. Son père était resté muet, comme si d'apprendre que sa fille avait un amant le jetait dans un trouble confusionnel. Il semblait surtout gêné. Mais sa mère avait parlé pour deux. Ou plutôt elle s'était mise à hurler, terrifiant Sarah qui la craignait comme un petit animal, inférieur en force et en intelligence. Avec des phrases définitives, elle avait brisé le merveilleux silence de l'amour. Le soir, Sarah, incapable de se rebeller, avait sangloté dans son lit d'enfant en pensant à Cadaquès et à Tanger, et à l'homme qui n'était pas là pour la défendre. Elle aurait dû partir. Au moins s'enfuir. Mais – elle s'en voulait encore, elle s'en voudrait toujours – elle était restée passive, enchaînée par un sale chagrin. Elle se disait qu'il allait revenir. Il aurait une explication avec ses parents. Il tiendrait sa promesse de l'emmener avec lui dans un pays de soleil. Lui seul savait donner un sens à sa vie.

Comme s'il y avait un lien entre les aveux et le malheur, comme si le silence seul pouvait protéger un sentiment de ferveur, il était mort sans elle. Parce qu'elle avait fini par avouer. Parce qu'elle n'avait pas su garder le secret. A peu près au moment où elle l'appelait au secours, cette nuit-là, il s'était tué dans un accident de voiture sur la route de Gibraltar.

Ne plus pouvoir aimer... Ne plus jamais aimer... C'était ce que Sarah avait longtemps cru. Marquée par le drame, désertée par la ferveur, elle avait vécu près de trente ans – elle venait seulement de s'en rendre compte – sans plus éprouver de passion.

Des émotions, bien sûr elle en avait eu. Des sentiments aussi. De la volupté, encore et toujours. Mais cette violence de l'amour. Cette force qui arrache à soi-même. Cette impression d'être immortelle... Elle ne les avait plus jamais éprouvées.

La lecture des lettres de la Goloubeff – cette incandescente – lui avait révélé par contraste la terrible tiédeur de sa vie. Par un effet de miroir, Sarah s'était vue elle-même : trop paisible, trop prudente et sage. Au point de ressembler au paysage autour d'elle, calme mais gris, dont les mouvements imperceptibles sont des vagues et des battements d'ailes.

L'univers rouge de la Goloubeff.

L'environnement brumeux de la côte atlantique.

Les couleurs la rappelaient à sa propre vérité : elle avait laissé le feu s'endormir tout au fond d'elle.

La Ville d'Hiver était un théâtre idéal pour garder l'anonymat. Jamais en pleine lumière, tamisée par l'ombre des pins, elle dessinait un labyrinthe avec des ombres et des recoins, des jardins invisibles de la rue, des balcons et des vérandas qui se dérobaient à la vue derrière l'écran des feuillages. Malgré sa façade arrogante, la villa Teresa ne laissait rien deviner de la vie privée de ses occupants : c'est à peine si l'éclairage diffus des lampes, aux abat-jour sombres, filtrait à travers les rideaux d'un épais velours. Le secret que Sarah croyait indéfectiblement lié au sentiment d'aimer y serait bien gardé. Non qu'elle eût honte de ce qu'elle vivait – elle était parfaitement libre maintenant – mais elle aurait détesté que les gens la jugent. Aimer la rendait vulnérable.

Alors qu'elle marchait sans but le long de la promenade de la plage, André V. avait surgi devant elle comme elle l'avait rêvé. Selon Sarah qui croyait aux forces mystérieuses, c'était son rêve qui avait provoqué leur rencontre : elle avait imaginé la scène avant de la voir se produire sous ses yeux, tel un auteur de théâtre les mouvements exacts des comédiens qui vont interpréter sa pièce. Aucune divination ni sorcellerie n'en étaient responsables. Sarah n'avait pas manigancé de plan ni de stratégie. C'était le hasard, tout simplement, qui leur avait permis de se retrouver seul à seule. Un hasard déclenché par la force d'un désir auquel la vie ne peut pas résister.

Elle le lui avait avoué plus tard, à la terrasse du café où il lui avait proposé de prendre un verre. Une terrasse déserte en ce jour d'hiver. Ils avaient parlé de la mer surtout, de la teinte indéfinissable du ciel chargé de brumes et laissé le silence s'emparer d'eux. Puis Bernard Maréchal les avait rejoints – c'était lui qu'André venait retrouver au Café de la Mer. Ils avaient sans doute des choses importantes à se dire ; elle proposa de quitter leur table, elle aimait marcher le long de la promenade à cette heure douce d'avant dîner. La présence de Bernard Maréchal la gêna d'abord : elle continuait à le voir au milieu des photographies obscènes qu'il collectionnait, elle n'était pas débarrassée de ses soupçons. André V. l'accueillit au contraire avec amitié, commanda des boissons et se montra parfaitement à l'aise, sans s'encombrer de ces arrière-pensées qui occupaient l'esprit de Sarah. Aussi se laissa-t-elle rassurer peu à peu ; elle finissait par se convaincre qu'elle avait confondu les personnages des documents avec ceux de la vie réelle et sombré dans la fiction.

Maréchal, venu parler d'Agathe, préféra différer ce sujet familial et choisit – qui s'en étonnerait ? – la piste d'annunzienne. Connue et même explorée par chacun d'eux, celle-ci avait le mérite de leur offrir à la fois une diversion et un théâtre commun. – A chacun son D'Annunzio, dit Maréchal. Pour le meilleur et pour le pire.

Le poète ajoutait au spectacle de la nuit tombante ses teintes somptueuses – l'or, la pourpre – et des vibrations baroques qui se manifestaient aussitôt qu'on prononçait son nom.

André V., malgré ses préoccupations de scientifique qui auraient dû l'éloigner de cet univers littéraire, était fin connaisseur de l'œuvre et de la personnalité d'annunziennes. Etait-ce sa fréquentation de Bernard Maréchal qui lui rendait familières les arcanes de la bibliophilie ou le seul fait de vivre plusieurs semaines par an dans ce climat instable dont l'œuvre de l'Italien reflétait la magie ? André V. paraissait très attaché au poète, dont les frontières, disait-il, ne limitaient pas les amours. Il avait su apprivoiser un pays qui n'était pas le sien. Peut-être partageait-il avec lui cette condition d'« estrangey » – il prononçait ce mot avec l'accent d'ici, ce qui amusait Maréchal. Mais c'était un terme méprisant, qui rassemble depuis des lustres tous ceux qui n'appartiennent pas au cercle resserré de la province : les étrangers en effet, qu'ils soient parisiens ou russes, bretons, corréziens ou égyptiens. Tous des apatrides, observés avec méfiance et soigneusement tenus à l'écart. « Estrangey » : André savait bien de quoi, de qui il parlait. D'Annunzio aussi avait dû souffrir d'exclusion, mais il l'avait changée en poème… Au Moulleau, il s'était mis à écrire en français – preuve suprême de son acclimatation – les pages lyriques d'un drame nourri de son long séjour. Son Saint Sébastien était une œuvre française. Elle avait une sensualité inédite, qui tenait pour André à la nature environnante, au ciel des Landes, à l'océan. Pour évoquer le martyr du saint dont les accents – il en était convaincu – épousaient souvent ceux de la jouissance, il s'exaltait. Il devenait doctoral. Sarah avait déjà remarqué l'écart prodigieux entre ses silences d'une épaisseur déconcertante et ses tirades, aussi soudaines qu'imprévisibles, prononcées d'une traite comme un discours. Il devait être ce jour-là dans la phase expansive.

Maréchal l'écoutait comme s'il assistait à un cours au Collège de France. Lui qui était d'habitude si sûr de ses thèses, se tenait devant lui tel un petit garçon obéissant. Ravalé à un statut inférieur, il n'était qu'approbation. Soumission. Sarah, qui le connaissait dans le rôle du maître, s'étonnait de cet effacement soudain. La personnalité d'André écrasait Maréchal ; il avait rendu les armes. Elle ne cherchait pas davantage à interrompre l'orateur. Encore moins à le contredire : un auditoire parfait ! En fait, elle l'écoutait à peine, attentive surtout à comprendre le charme qui s'était emparé d'elle et la subjuguait.

La voix d'André V. ravivait des images qui s'étaient gravées dans sa mémoire et faisaient partie de sa vie secrète. Elle réveillait le feu éteint. Par une association d'harmonies, c'était un autre monde qui venait à elle, alors qu'elle le croyait mort. Aussi mort, aussi perdu que le héros de la fête italienne – ainsi André, qui ne dédaignait pas un certain pédantisme, appelait-il le festival des sens sous la plume de D'Annunzio. De ce monde perdu, cet homme rencontré par hasard, lié à tant de digressions livresques, n'était pas seulement le messager. Ou l'éveilleur. Il en assurait l'emprise.

Le Saint Sébastien était en phase – en symbiose, reprenait André, fidèle à son vocabulaire de laboratoire – avec l'esprit des lieux où D'Annunzio vivait un exil radical. Ses deux maîtresses, l'Américaine et la Russe, avaient fini par l'abandonner à ses démons et aux quelques amies puisées dans le vivier local qui avaient aussitôt pris leur place. Les biographes ne tenaient pas assez compte des influences océaniques dans leurs analyses de l'œuvre comme du comportement du poète. Pour André, tout ce que D'Annunzio avait écrit à

Arcachon, et ses amours aussi, étaient redevables à la mer qui est ici aussi trouble qu'un mirage.

Tel un homme qui fait trop l'amour, – D'Annunzio n'aimait pas l'expression française « faire l'amour », intervint Maréchal... –, le poète traînait une inhabituelle mélancolie. Avec ses trois lévriers en laisse, plus fringants que leur maître, il guettait en vain sur la plage, venant du Pyla où elle avait loué une villa pour plus de discrétion, la venue de Natalia de Goloubeff qui le rejoignait chaque jour en charrette à sable – Sarah adorait entendre ce nom de la princesse, prononcé avec l'accent russe. Mais Natalia avait disparu. Alors, il rêvait de Venise, où il avait été heureux, devant ce Bassin qu'il appelait Lagune.

Depuis que Sarah s'était plongée dans la vie tumultueuse de D'Annunzio, elle traversait des mondes qui se télescopaient. L'Egypte du baron Horus, l'Italie de Gabriele, les Landes et la Russie croisaient ou chevauchaient d'autres paysages qu'elle n'aurait pas su tous définir mais qui étaient présents, remontés de ses jeunes années, au carrefour de cet étrange hiver.

Avec ses yeux clairs dans un visage de Mongol, au teint foncé, aux pommettes saillantes, André V. lui apparaissait comme une sorte de Romain Gary, aux origines aussi compliquées et mystérieuses que l'auteur des *Racines du Ciel.* C'était un Oriental dont l'attrait physique comportait un élément de mystère. Il exerçait sur Sarah un charme énigmatique. Devant lui, fascinée et sans défense, elle ne sentait même plus la fraîcheur que le soir apportait. Leur conversation, limitée aux sujets climatiques ou littéraires, était soudain tombée sans que l'un ou l'autre tente de la relancer. D'Annunzio n'en était même plus le fer de lance. Sur la terrasse déserte, tandis que les derniers promeneurs s'éloignaient du bord de mer, le silence les enveloppait. Un silence agréable, qui ne pesait pas. Puis Maréchal se leva ; il devait comme chaque soir dîner avec Agathe. Il s'éloigna ; sa haute silhouette se voûtait légèrement aux épaules, ce que Sarah remarquait pour la première fois. Restés seuls, côte à côte, comme elle l'avait tellement désiré, André et Sarah ne tentèrent pas de relancer la moindre conversation. A quoi bon parler, quand le silence est parfait ?

Après un long moment, c'est Sarah, tout

étonnée de ce qu'elle allait dire, qui risqua ces mots d'une inhabituelle franchise :

— J'ai un désir fou d'être dans vos bras.

Une ivresse de sensations la rendait au bonheur immédiat. Comme si le temps était resté suspendu ou qu'au fond elle n'eût rien vécu d'important pendant les longues années qui séparaient son adolescence de sa maturité (le mot lui semblait une ultime indulgence du sort, c'était la dernière escale, le dernier répit accordé avant d'être tout à fait vieille), elle retrouvait l'union totale. Et aussi la plénitude qui effaçait les déceptions et les insatisfactions, les désillusions de sa vie de femme.

C'était un sentiment physique, bien sûr. Sans commune mesure pourtant avec les étreintes nombreuses et parfois merveilleuses qu'elle avait précédemment connues mais que la force de ces dernières renvoyait tout à coup à la banalité des anecdotes.

Le bonheur, elle en avait été frustrée à l'âge où l'on ne sait pas encore que le destin est toujours injuste et cruel. Par un report logique des culpabilités, elle en avait haï sa mère qui, de toute sa rancune de femme jalouse, s'était opposée à son amour. Sarah était persuadée qu'elle avait appelé le mauvais œil sur elle, trop jeune, trop belle, et amoureuse d'un homme qu'elle aimait probablement aussi. Elle leur avait porté malheur. Sarah ne lui avait pas pardonné. Rendue incapable d'aimer, il lui avait fallu toutes ces années – presque une vie – pour retrouver des capacités intactes, l'ardeur et la passion qu'elle croyait anéanties dans son cœur, remplacées au jour le jour par les petits sentiments.

A dix-sept ans, d'une nature indolente qu'elle n'avait jamais pu combattre, elle était sûre de son pouvoir sur l'homme qui l'aimait. Aucun doute ne la tourmentait, elle avait une confiance naïve en son corps de jeune fille comme en lui, cet amant beaucoup plus âgé, dont la ferveur la subjuguait. La passion qu'il lui offrait, dont elle savait aujourd'hui qu'elle était un cadeau exceptionnel, lui semblait aller de soi : elle en méconnaissait royalement le prix. Son intensité l'effrayait parfois, elle ne voulait pas alors brûler aussi fort. Tandis que maintenant, au contraire, quand le temps jouait à des reflets de miroirs, c'est elle qui déclarait son désir et réclamait l'amour. Son tour était-il venu de décider, de provoquer, au lieu d'attendre ? Avait-elle changé à ce point ?

Ou les circonstances, dans le parfum suranné de la Ville d'Hiver, l'avaient-elles amenée à reconnaître son histoire – une histoire en attente – là où elle l'avait laissée. Elle prenait les devants, parce qu'elle croyait à l'éternel retour et qu'elle avait l'espoir de revivre, ou d'achever de vivre, quelque chose de grand.

Elle avait pourtant beaucoup moins confiance qu'hier et en elle et dans les autres et d'ailleurs aussi dans la vie, qui s'était chargée de lui enseigner la crainte et la prudence. Aussi s'étonnait-elle de se jeter à corps perdu dans une aventure sur une inspiration dont les racines devaient plonger au fond de son subconscient. Toutes ses réserves, sa pudeur envolées, il lui restait un vague sentiment d'inquiétude, tant elle s'était persuadée que l'amour est tout prêt à disparaître à peine a-t-il surgi.

C'était la même allure d'homme, aux larges épaules. Une même démarche aussi. Et puis, ces yeux incroyablement clairs dans un visage d'Asiate ou de Méditerranéen.

Elle ne pouvait regarder André V. sans penser aussitôt à celui qu'elle avait cru disparu de sa mémoire mais qui, après toutes ces années, marquait sa toute-puissance. Il ne remontait pas du passé comme un lointain souvenir. Il était à cet instant plus vivant que jamais. Au plus près d'elle.

Il y avait dans la personnalité d'André V. de violents contrastes. C'était un homme sensuel, qui savait aimer. Mais ses bras pouvaient se refuser. Et ses silences, qui tombaient soudain, excluaient parfois Sarah, inexplicablement, de son univers. Le feu et la glace étaient associés sans que Sarah puisse comprendre l'origine ni s'habituer à la fréquence de leurs variations. Elle vécut ainsi plusieurs jours et plusieurs nuits d'extase dans un climat instable, à chercher sa place entre deux extrêmes, tour à tour attirants et hostiles. Sans même savoir si elle était responsable des montées et des chutes à pic de la température, elle connut un état de grâce. Absorbée par sa passion toute neuve, elle accepta le pire – cet état de froideur qui, souvent, s'emparait de lui, l'éloignait d'elle et la désespérait. C'était en vain qu'elle aurait souhaité la tranquille confiance que lui prodiguait son premier amant. Aucune promesse. Aucun serment. Elle ne pouvait être sûre de rien. Ni de ses sentiments aux heures de l'amour. Ni de la force de son attachement. Ni, surtout, d'un quelconque avenir. Elle n'y songeait même pas. Ce qui la liait à lui, le lui rendait unique, indispensable, c'était son lunatisme. Avec ces passages brusques d'un état à l'autre, ces changements perpétuels, elle ne distinguait plus près de lui l'été de l'hiver ; elle apprenait à les vivre à la fois. Le corps de son amant brûlait et son âme était froide. Pour Sarah, qui ressentait chaque variation au millième, il n'y avait plus de frontières entre les sensations. Elles s'alliaient pour la perdre dans un océan d'oubli.

Le monde, autour d'eux, n'avait plus d'importance. Elle était seule avec lui, comme autrefois, sur le bateau qui dérivait au large, au-dessus des vagues paresseuses.

La Ville d'Hiver protégeait leurs nuits. Elle montait la garde. Le plaisir trouvait des échos voluptueux dans les vagues, le remous, le ressac dont la rumeur lointaine n'était troublée que par le bruit des feuilles froissées par le vent. Pénétrant par la fenêtre ouverte, l'air marin noyait la chambre dans une lumière d'un bleu océan. Comme sur le pont d'un bateau, au large d'une petite ville assoupie, Sarah se donnait tout entière. La mer la soulevait. Et la mer l'emportait.

IV

Bernard Maréchal repartait pour Paris. Il emmenait Agathe dans l'espoir de la voir reprendre ses études et un semblant de vie régulière avec un but et des horaires. Il allait lui louer un studio, la gâter une fois de plus, selon le commentaire d'Astrid Demasson, « pour essayer de se faire pardonner la mort insupportable d'Eva ». La jeune fille avait paru s'éclairer à la promesse d'un appartement qui serait tout à elle, où elle déverserait bientôt les objets préférés de son caravansérail – c'est ainsi que son père appelait l'imbroglio de jupettes et de caracos, de ballerines et de bottines, de BD déchiquetées, de produits de maquillage et de bracelets africains qui encombrait sa chambre.

Avant son départ, à la fin d'un dîner d'adieu qui regroupait ses proches amis, il remit à Sarah une enveloppe qui contenait « un document précieux» : Vous en aurez la surprise, lui dit-il. Trop attaché à sa collection pour la dévaluer en offrant des originaux, il l'avait photocopié exprès pour elle. La porte des archives se refermait sur ce dernier vestige.

Ce soir-là, Agathe avait charmé les invités de son père par des grâces inhabituelles. Un sourire fruité aux lèvres, elle participa même à la conversation en donnant son avis sur le projet de construction d'une route qui dédoublerait la nationale entre la forêt et la dune du Pyla. Pour une fois en accord avec son père et avec Astrid qui soutenaient le combat des écologistes contre l'invasion du bitume dans un site encore préservé des méfaits de la civilisation, elle prononça quelques phrases sensées et plutôt bien tournées. Tous en furent médusés. Elle était si peu loquace d'habitude que cette brève intervention choqua : chacun s'était tourné vers elle comme si elle eût dit une obscénité. Consciente d'avoir attiré l'attention, la jeune fille était d'autant plus fière de son succès qu'André V. la contemplait, fasciné, comme si elle était une fée.

Elle continuait en revanche de bouder Sarah. Elle ne lui adressait pas la parole et ne semblait même pas la voir. Au point que

Sarah se demandait si elle n'avait pas des soupçons : avait-elle appris ce qu'elle était en train de vivre avec André ou l'avait-elle intuitivement deviné ? Elle aurait détesté blesser la jeune fille. De tout son instinct d'animal sauvage celle-ci avait pu déceler un danger. Sa passion pour André, qu'elle ne quittait pas du regard, était flagrante. Sarah les observait : quelque chose liait profondément ces deux êtres. Ils avaient tous les deux les yeux d'une clarté qui pouvait se dorer tout à coup de reflets d'ambre ou s'obscurcir au contraire jusqu'à devenir presque bruns – un mur de pierre.

Agathe ignorait l'existence de cette liaison qui l'aurait désespérée. D'un commun et tacite accord, Sarah et André V. la protégeaient ensemble, non seulement en ne révélant pas leur histoire mais en la tenant hors de portée des rumeurs. Une seule fois, entre eux, ils en étaient venus à parler de l'étrange comportement de la jeune fille – c'est Sarah qui avait employé l'adjectif « étrange » pour définir « un ange », car c'est ainsi que lui la voyait, ange ou fée. André en avait paru attristé. Elle lui avait avoué que l'adolescente la mettait mal à l'aise. Son comportement mêlait l'agressivité à l'arrogance : la petite l'avait tout de suite prise en grippe, Sarah ne savait pas pourquoi. Même si sa fragilité l'émouvait, elle n'était pas loin de voir en elle une créature inquiétante ou magique, presque une extra-terrestre, capable même de pressentir les événements.

— C'est d'abord une enfant, lui avait rétorqué André. Avant d'ajouter : « mais elle a des dons, c'est incontestable », sans préciser lesquels.

Adossé aux paravents chinois, dans le salon plongé dans la pénombre, il avait l'air préoccupé. Mieux valait aborder avec prudence le sujet d'Agathe : Sarah le comprit un peu tard, il protégeait la jeune fille. Il était son Khan. Son tigre.

Tel un grand félin, il possédait le calme et la puissance, mais on le sentait souvent hors d'atteinte, replié dans une sphère sauvage où il était inutile d'espérer le rejoindre. Sarah le regardait se déplacer avec nonchalance dans cette villa du Second Empire, frôler les beaux objets, les murs couverts de tentures ; au milieu de ce faux Orient savamment reconstitué sous des éclairages baroques, il lui évoquait un fauve égaré loin de la jungle. Par le style et l'allure, il était un homme qu'on n'apprivoise pas. Un seigneur. Elle en prit alors conscience – ses codes, ses lois lui échappaient. Tout comme Agathe, comme Eva, il appartenait à un autre monde.

Saurait-elle seulement le retenir ?

Il avait aussitôt marqué les limites de l'amour ; il l'avait circonscrit à la nuit. Le jour, il retrouvait sa liberté, sa solitude. Il ne dormait pas avec Sarah ; il la quittait à l'aube, comme s'il craignait de rester pris au piège.

Tout de suite, il avait aimé la maison. De la chambre à la bibliothèque et à ce salon dont le décor stupéfiant lui évoquait peut-être une Russie de légende, il était chez lui, incroyablement à l'aise, au milieu des livres d'auteurs cosmopolites, des lustres vénitiens et des sculptures de sphinges – ces êtres fabuleux auxquels Sarah aurait voulu ressembler, ne serait-ce qu'un instant, pour échapper enfin au cours du temps. Il leur arrivait de dîner après l'amour, sur la table de trictrac qui avait dû servir à des spirites du début du siècle – car elle avait trois pieds… Ils la tiraient à des fins plus profanes vers le feu de cheminée. André parfois se levait, se promenait, caressait de la même main distraite et tendre les seins de Sarah ou la laque très douce des paravents chinois. C'est là, tandis qu'elle avait envie de retarder par n'importe quel moyen le moment de son départ, qu'il avait pris la défense de la jeune fille. Une défense inconditionnelle et passionnée.

— Je ne lui ferais de mal pour rien au monde, lui avait-il dit tout bas, comme s'il souffrait de cet acte improbable.

Dans la cheminée, le bois se consumait. André regardait les flammes se changer en braise. Sarah se taisait.

Il dit alors qu'il aimait Agathe comme une fille – Oui, comme ma fille, la seule, l'unique. Il y avait tant d'émotion dans sa voix que Sarah s'était rapprochée de lui. Elle avait posé la tête sur son épaule.

Le poète l'avait écrit : « Un moment vient, dans l'amour, durant lequel il faudrait mourir ou tuer. Il y a le moyen terme qui est de s'en aller. »

Sarah comprenait très bien cela. Elle le comprenait si bien que le départ s'imposait à elle, sitôt qu'elle commençait d'aimer. Mieux valait partir plutôt que se lasser et s'ennuyer, déchanter ou décevoir.

Mais cette fois, dans la vieille maison gémissante, réconciliée avec ses ombres, elle vivait enfin l'instant. Elle ne songeait plus qu'à rester dans ces bras, dans leur étreinte.

Le plaisir appartient tout entier au présent. Cela aussi, elle le savait. Et depuis si longtemps.

La Goloubeff partait – autre déchirement. Elle ne quittait pas seulement Arcachon mais D'Annunzio, qu'elle ne reverrait pas.

Ses crises de jalousie avaient atteint de tels pics que tout le monde la croyait folle. Au Moulleau, elle était venue gifler la propriétaire d'une maison voisine du chalet Saint Dominique, qu'elle soupçonnait d'être la maîtresse du poète, à près de quatre-vingts ans... La Goloubeff connaissait les obsessions amoureuses de son amant. Quand le désir s'emparait de lui, aucun tabou ne pouvait refréner sa fièvre. Elle avait menacé de tuer sa rivale. Et elle l'aurait peut-être fait – couteau ? revolver ? étranglement à mains nues ? (Sarah rêvait) – si le comte de Goloubeff, très inquiet, ne l'avait fait interner dans une clinique psychiatrique. Elle devait y passer de longs mois, interdite de toute visite et de toute correspondance. Lorsqu'elle en sortit, la guerre éclatait et avec elle la révolution russe qui allait ruiner son mari. Dès lors sa vie, privée de l'étoile de la poésie, ne fut plus qu'une suite de misères. Chassée des cercles parisiens, séparée de son mari qu'elle n'avait pas voulu suivre en Asie, de ses fils qui habitaient New York, livrée à une complète solitude, elle se consacra à ses lévriers – ses derniers compagnons. Elle eut même un élevage à Villacoublay. Mais elle le gérait avec son habituelle folie. Elle y perdit les restes de sa fortune. Un jour, elle vendrait sa meute, la seule famille qu'elle eût jamais, avant de finir ses jours dans un meublé sordide, près de la gare de Meudon.

Sarah apprit cela dans un livre qu'Astrid lui avait offert, elle aussi en cadeau d'adieu. Elle le lisait au petit matin, incapable de se rendormir après le départ d'André. C'était une étude de 1977, publiée à Arcachon, aux éditions de L'Astrolabe et intitulée *D'Annunzio chez nous*. L'auteur présenté comme « le plus grand spécialiste de l'histoire locale » en était Bernard Maréchal en personne ! Sarah, qui appréciait la rigueur des commentaires, s'étonnait que le style fût aussi froid, sans aucun effet de plume : en somme si peu d'annunzien. Sans doute Maréchal destinait-il sa communication à une traduction en anglais ! Il disséquait la Goloubeff comme si elle avait été une souris de laboratoire. Sarah en éprouvait la désagréable impression que l'individu n'était pour lui qu'un sujet à expériences, un cobaye prisonnier d'un bocal, observé au microscope par un chercheur cruel, indifférent à sa souffrance. La Goloubeff s'agitait sous ses yeux, se heurtait aux parois de verre comme aux grilles du chalet du Moulleau, sans parvenir à offrir autre chose que le spectacle de son hystérie. Ses nerfs complètement détraqués, toutes les tentatives pour la calmer s'étaient révélées vaines. Le seul apaisement, ses chiens le lui donnaient. Leur fidélité la consolait de l'infidélité chronique et dévastatrice de son Casanova.

Mais l'amour, dont elle devait ensuite être privée radicalement, l'amour physique pour lequel D'Annunzio disait qu'elle avait des dons exceptionnels, lui faisait autant défaut. Quand D'Annunzio l'aimait (à l'en croire, plusieurs fois par jour et la nuit aussi), elle pouvait vivre quelques heures de tranquillité. Redevenir la royale Natalia au buste épanoui que Rodin avait sculpté, et même chanter de sa royale voix non seulement des opéras mais des airs joyeux de son enfance russe.

Elle était bien née à Kiev. Toutefois Bernard Maréchal dont l'enquête, menée à l'époque du Rideau de fer, s'était strictement limitée aux frontières de l'Hexagone, ne révélait ni son nom de jeune fille ni ses origines sociales – sans doute les ignorait-il. Sarah le regrettait. Elle aurait voulu mieux comprendre ce personnage, dont le bibliophile relevait les signes psychotiques mais dont il négligeait l'histoire d'avant la France et d'avant D'Annunzio. La folie amoureuse dont Natalia était une incarnation parfaite devait plonger ses racines dans un passé qui restait hélas mystérieux. Etait-elle inscrite dans ses gènes, cette folie d'aimer, était-elle une fatalité ? Une affaire de tempérament ? Maréchal n'en disait rien. Entre deux portraits de D'Annunzio par Romaine Brooks, il avait choisi d'illustrer son livre par la reproduction photographique du buste de Rodin. La poitrine de Natalia de Goloubeff était admirable. Non seulement par sa plastique, d'une irréprochable fermeté, mais parce qu'elle semblait animée d'un véritable souffle. L'artiste l'avait galbée sans dissimuler son plaisir. C'était une poitrine palpitante et affamée, qui réclamait sa part de caresses. D'Annunzio proclamait partout que la Goloubeff était sa maîtresse la plus sensuelle. Mais elle portait en elle les ferments du malheur. Il était convaincu qu'elle aurait un destin tragique. Il l'avait toujours su, bien avant que la Goloubeff n'entame sa dérive. Il ne pouvait pas se sentir coupable ni même responsable de son malheur.

Trop de planètes noires avaient brillé dans le ciel de cette princesse.

Elle lui avait inspiré sa tragédie, *Phèdre* : « Mon poème est chaud de toi, Natalia... » Il ignorait alors qu'elle aurait le même destin cruel que l'héroïne antique – l'abandon, la mort.

Plus tard, il lui dirait : « Ta bouche divine faisait mon corps divin », mais c'était déjà le regret d'une liaison passée, d'une passion d'hier.

— Elle est morte de faim et de froid, murmura-t-elle un soir au creux des bras d'André.

La Goloubeff la hantait. L'idée ne lui venait pas de se comparer à elle : elle était trop différente, presque en tous points son opposé. Ni assez belle, ni assez russe, pour oser approcher son fantôme dans le reflet d'un miroir, elle était surtout incapable de ressentir cette passion dévastatrice, qui avait porté la Goloubeff aux sommets de l'amour. Sarah n'était pas loin de trouver ridicules ces excès de flamme, suivis de crises de nerfs qui montaient crescendo jusqu'au délire. Mais ils soulignaient la modestie de sa propre vie amoureuse. Jamais aucun homme ne lui avait arraché des cris, des hurlements. C'était sa limite. Autant la Goloubeff était excessive dans sa façon d'aimer, autant Sarah se montrait prudente et économe – elle avait peur d'aimer trop. Sans doute parce que le premier homme lui avait tout donné et qu'elle avait gardé de lui le sentiment d'une magnifique plénitude, elle avait tout perdu quand il était mort, brutalement, sans lui dire adieu. Elle en gardait la blessure. Pour ne pas revivre la souffrance une seconde fois, elle s'était enfermée dans une carapace – elle s'était protégée. La Goloubeff, elle, n'avait pas construit de défenses : elle avait aimé au-delà de ses propres forces, comme Phèdre, jusqu'à perdre la raison.

D'Annunzio ne l'avait pas oubliée : il lui envoya régulièrement des mandats qui lui permirent de survivre. Mais en disparaissant dix ans avant elle, il emporta dans sa mort les derniers secours de la Goloubeff. C'est alors qu'elle vendit tous ses lévriers – dont deux, juste avant la guerre, à Philippe Pétain. Puis elle entama sa triste fin.

Pour Sarah, la Goloubeff représentait la défaite amoureuse. Le symbole du parfait ratage. Et c'est en cela qu'elle sentait qu'elle lui ressemblait. Elle lui renvoyait avec une puissance que le temps n'avait pas altérée l'image en creux de sa propre existence – le désert de l'amour. Un désert d'autant plus blanc, d'autant plus nu comparé aux fastes des passions de la Russe, à la couleur pourpre de sa liaison d'annunzienne. Au plus noir de la misère, il est probable que cette passion l'accompagnait encore, dorant de son souvenir le présent misérable et mesquin. Dans la vie de Sarah, l'aventure de Cadaquès avait longtemps brillé comme la seule étoile. Cela aussi les rapprochait : comme la Goloubeff, jusque-là, elle n'avait jamais aimé qu'un seul homme. Après lui, Sarah avait fait l'amour, connu des amitiés et des expériences, quelques liaisons réussies, presque heureuses : rien d'autre que cela. Mais aimé, jamais plus.

André V. la ramenait à ce passé perdu. Il effaçait les autres hommes.

Etait-ce parce qu'il ressemblait à celui-là seul ou parce qu'il avait assez de force pour l'arracher à son indifférence, il palliait tous ses manques, toutes ses tristesses. Ou les aurait palliées, s'il n'avait été lui-même possédé par un autre passé.

De leurs deux solitudes émergeait un pacte, aussi provisoire que le temps qui leur était imparti dans cette ville d'eaux. Mais un pacte tout de même : capable de les rapprocher, de les unir l'un et l'autre, sans qu'il fût besoin de le définir.

Pour Sarah, André était l'homme dont on l'avait cruellement séparée et qu'elle croyait ne jamais retrouver ; elle l'attendait en fait depuis toujours.

Pour André V., Sarah serait la compagne de cet hiver trop doux, plein des promesses d'un printemps qui ne reviendrait plus. Eva l'avait condamné à vivre le reste de ses jours en saison froide, ne lui autorisant que des éclipses ou des réchauffements passagers.

Est-ce qu'Eva n'avait pas voulu partir elle aussi ?

Est-ce qu'elle n'avait pas espéré autre chose, ailleurs ?

Avait-elle fait le bon choix en épousant Maréchal ? Ne s'était-elle pas plutôt trompée d'existence en sacrifiant imprudemment un amour de jeunesse à un mariage de raison ?

Toutes ces questions, Sarah les effleurait. Le bon choix, le mauvais choix, comment savoir ?... Elle n'y répondrait pas. Même si elles l'obsédaient malgré tout, elle aurait voulu les éluder pour ne pas se laisser envahir par une histoire qui ne lui appartenait pas. Mais comment éviter d'y penser, à côté d'un homme qui, pour sa malchance, n'était jamais là tout à fait ?

Eva et ses yeux verts.

Dans le Bassin d'Arcachon, comme dans les eaux de la Lagune, à Venise, il y a des miroitements. Des reflets à l'infini. Sarah y voyait son image confondue et déformée, multipliée par des jeux de miroirs.

Natalia et sa voix de rossignol.

Destins brisés.

Miroirs en pièces.

Eva... Natalia... Entre ces deux femmes russes – doublement étrangères, par la nationalité et par un certain regard (une impossibilité à vivre d'une vie banale et simple comme la plupart des gens) –, Sarah se demandait s'il y avait le moindre espace pour le bonheur.

Un ciel propice pour échapper au malheur ?

— C'est l'influence de tous ces tuberculeux, confia-t-elle un soir à André. Je ressens leur présence. Il me semble que je les entends respirer. Leurs souffles sont oppressés, haletants, douloureux forcément…

La maladie habitait encore la Ville d'Hiver ; elle était l'hôte de la villa qu'on lui avait prêtée. Elle s'y était incrustée.

— On peut mourir de tant de choses, lui avait-il simplement répondu. Son regard était éloquent : sur ce sujet, mourir, il aurait pu se montrer intarissable. Il vivait lui aussi dans la compagnie fidèle de ses morts.

Une mère trop tôt disparue, une sœur plus jeune, victime d'une épidémie de méningite, un ami d'enfance emporté par un pneumothorax, il lui citait des noms en russe – les noms doux et chantants de tous ces morts. Les tragédies jonchaient sa route, en nombre bien plus grand que dans la vie de Sarah. Il parlait d'eux sans tristesse, comme s'ils étaient toujours de ce monde. Il croyait qu'ils continuaient à vivre, autour de lui ou peut-être en lui, des existences invisibles qui entretenaient avec la sienne des liens essentiels. Au fond, les gens qu'il aimait n'étaient pas morts, ils ne pouvaient pas mourir. C'était une question de foi – peu importait laquelle. André croyait à tous ses morts.

Les tuberculeux de la Ville d'Hiver, il les disait malheureux. Sans doute inconsolés. Comme les bagnards de Sibérie, c'étaient les parias de leur époque. Des espèces de condamnés à un exil à perpétuité. Exclus de l'existence des gens ordinaires qui, eux, jouissaient d'une autonomie appréciable, ils étaient assignés à résidence.

Cette comparaison avec le bagne russe, André la soutint avec sérieux et même quelques accents tragiques :

— Bien sûr, en Sibérie, les proscrits n'avaient pas de quoi décorer leurs cellules ou s'habiller comme des princes ; les médecins leur manquaient cruellement. Ils étaient pauvres, très pauvres… Mais quand j'ai visité la première fois cette ville française, en compagnie de Bernard Maréchal, j'ai aussitôt pensé aux bagnes de mon pays où beaucoup de mes amis sont morts. Pas forcément de tuberculose, mais de misère… Ici aussi, malgré leur fortune, les gens ont été des proscrits.

Or, l'âme des proscrits, comme celle des exilés, disait-il, trouvait rarement la paix.

La mort tenait une grande place dans leurs conversations d'amoureux. Elle venait naturellement se glisser entre eux. Elle habitait leurs baisers, leurs caresses. Sarah l'éprouvait physiquement, elle était une des molécules de l'air qu'ils respiraient.

Ils étaient bien vivants dans leurs étreintes. Mais la mort était quand même là, pour l'un comme pour l'autre.

— Ti amo… Lorsque Sarah avoua à André qu'elle l'aimait, ce fut dans cette langue italienne qui n'était pas la sienne et qu'elle avait contractée comme un mal pernicieux.

André avait souri. Il l'avait enlacée sans lui répondre quoi que ce soit, ni même en russe comme elle l'aurait souhaité. Il était mutique dans l'amour.

Avare de se confier, il préférait les sujets généraux aux particuliers. Jamais – sauf cet unique soir à propos du bagne et des morts qu'il avait enterrés en terre russe –, il ne lui parla de son pays. Sarah ne saurait de lui que peu de choses. Russe blanc, d'ascendance géorgienne, il n'y avait plus que des hommes dans sa famille : un très vieil oncle qu'il considérait comme un père, et deux frères cadets. Ils habitaient Moscou, comme lui-même.

Sarah évita de se montrer curieuse. Sans doute André protégeait-il un passé pénible à évoquer. Quant au présent, il en préservait farouchement les frontières. Il lui offrait l'immédiat : ces nuits chaudes et intenses, où elle oubliait tout.

Et maintenant, depuis qu'Agathe était partie, leur concédant une liberté nouvelle, ces longues marches sur le sable, qu'elle aimait autant que leurs nuits.

La brume, les teintes hésitantes et cotonneuses du ciel brouillaient ses perceptions. Elles isolaient leur amour, le fermaient au reste du monde.

Quand André la prenait par les épaules, accordait son pas au sien, elle était pleinement heureuse. Sous les nuages bas, la pluie menaçait. Le vent était glacé. Elle n'avait plus peur des mouettes qui s'ébrouaient dans les flaques isolées ou s'envolaient à leur approche. Mais quelque chose soudain changeait. André déplaçait sa main, ses doigts se crispaient, une ombre lui volait son regard. Il l'entraînait comme s'il fuyait une apparition.

Sarah se demandait alors s'il ne voyait pas Eva dans cet univers d'eaux, où l'écume se confondait avec les plumes des oiseaux blancs. Bien sûr, elle ne l'interrogerait jamais. Il n'avait pas prononcé le nom de la belle Mme Maréchal parmi la liste de ses chers disparus. Comme il était peu probable qu'il l'eût oubliée, c'est qu'il ne souhaitait pas parler d'elle. Ou ne le pouvait pas. Eva était un tabou. Elle empêchait l'union. La fusion totale.

La nuit, André serrait Sarah dans ses bras, son corps pesait sur le sien. Leurs bouches se rejoignaient. Mais il y avait dans la chambre un souffle plus léger que l'air. Tout étranger au sien, telle une présence diffuse.

Profitant d'une nouvelle éclaircie – c'était le premier ciel bleu que Sarah découvrait dans ce pays –, André avait proposé de quitter les rivages familiers du Bassin et d'aller par la côte, de l'autre côté de la baie, à L'Herbe, un lieu-dit sur la presqu'île du Cap-Ferret.

Sarah conduisait ; André lui indiquait la route qui longeait l'océan. Ensemble, ils ne se parlaient pas. Ils regardaient la mer où les embarcations à moteur des marins-pêcheurs étaient plus nombreuses en cette saison que les voiliers de plaisance. Ils traversaient des villages ostréicoles, avec des maisons tout aussi bariolées que les pinasses ; du linge séchait aux fenêtres pour tirer parti de ce jour sans pluie.

« C'est presque l'Italie », dit Sarah.

Ils laissaient leurs rêves flotter parmi les genêts en fleurs, sur la crête échevelée des oyats. Mais ils étaient chacun emmurés dans leurs univers respectifs. Sarah aurait adoré les accrocher et les souder l'un à l'autre, comme dans l'amour. Recueillir des confidences. Recevoir comme elle aurait voulu se donner, c'est-à-dire sans réserve ni pudeur. Elle le désirait tant !

Par son comportement silencieux et distant, où le sexe apportait une fièvre sans pour autant le rapprocher d'elle, André freinait les élans de Sarah. Alors que captivée par lui, elle était prête à s'abandonner, renonçant enfin à sa retenue, elle n'osait pas. Elle ne pouvait pas franchir le mur de pierre qui, à un certain endroit, à un certain moment, marquait une frontière. Au-delà, elle le sentait bien, c'était son monde à lui.

Aussi essayait-elle de savourer ce qu'elle vivait – cette promenade, un après-midi délicieux. Ils étaient bien après tout, ensemble sous ce ciel d'azur, le long de cette lagune où l'eau, par miracle, était devenue bleue. André avait mis la main sur sa cuisse – une main sensuelle, qu'elle aurait rêvée plus possessive.

A L'Herbe, des cabanes remplaçaient les anciens pontons. Le village, des plus pittoresques, ne les retint pas. Ils poursuivirent jusqu'à Notre-Dame-des-Dunes, une chapelle baptisée algérienne, perdue dans un jardin au bord de l'eau. Par son architecture, elle s'apparentait comme une petite sœur à la mosquée de Cordoue. Pour Sarah, son ornementation baroque et décalée la replongeait tout à coup dans la Ville d'Hiver – elle paraissait s'en être échappée. André, qui semblait très bien connaître l'endroit, expliqua à Sarah que la chapelle était le seul vestige de ce qui avait été autrefois l'une des plus somptueuses propriétés de la région : la villa algérienne. Comme le Casino mauresque de la Ville d'Hiver, elle avait entièrement disparu ; on avait dispersé ses ruines et construit à sa place un immeuble de béton et de verre. Ne témoignaient de sa splendeur passée que cette chapelle branlante que les promoteurs menaçaient plus encore que les tempêtes, et de vieux compagnons : des palmiers, d'une hauteur et d'une ramure de patriarche, et quelques mimosas. Ces derniers étaient en pleine floraison : les branches balançaient doucement leurs petites boules jaunes sous la caresse légère du vent.

Le Croissant et la Croix cohabitaient sur le portail en arc de la chapelle algérienne, dont les deux tours ressemblaient à des minarets. On y célébrait jadis des messes pour la propriétaire de la villa, ses amis et sa famille. André dit soudain qu'il avait accompagné Eva, dans un de ces pèlerinages qu'elle avait coutume de s'inventer. Eva, dit-il dans un murmure, aimait les lieux de culte. Comme à la Chapelle des Marins, elle venait prier la vierge de ses icônes : la Vierge de Kiev. Car il n'y avait pas de statue de la Vierge, dans la chapelle algérienne. Celle que priait Eva, avec son visage couleur de terre et sa pose hiératique, c'était la sainte de son enfance. « Une princesse couronnée », ajouta-t-il mystérieusement. Marie des secrets et des profondeurs. Marie des chagrins et des détresses.

A Notre-Dame-des-Dunes, André s'était

alors rembruni. Malgré le ciel bleu et la délicatesse de l'air, malgré la main chaude de Sarah dans la sienne, une chape était tombée sur le paysage. La chapelle était grise, dans la nef intérieure le froid mordant. Quant à la villa algérienne, elle n'était plus qu'un nom vide. Un joli nom privé de corps et de vie.

Il n'y aurait pas de lendemain. Sarah le savait et l'avait toujours su. Ces nuits comme ces promenades avec André lui étaient d'autant plus précieuses qu'elles étaient éphémères. Elle vivait au jour le jour, nuit après nuit, près de lui, en mesurant le prix de chaque seconde qui s'en allait.

Ainsi leur histoire ne se prolongerait pas au-delà de ces rivages gris, de cet hiver au parfum des tropiques. Elle ne franchirait pas les murs de la Ville morte. Sarah l'aurait espérée plus forte et plus généreuse : le prince des poètes l'avait écrit à Natalia de Goloubeff – elle revivrait un jour dans le sortilège de la mémoire.

Agathe écrivait à André. Elle détestait la fac, ses cours, ses professeurs. Mais elle adorait son minuscule studio qu'elle appelait « atelier». Elle s'était mise à peindre. Elle dessinait beaucoup. Elle voulait devenir une artiste. André en était aussi fier que si elle lui avait annoncé qu'elle allait enfin se décider à étudier. Il montra à Sarah les premières esquisses qu'elle lui envoya par la poste. C'étaient des mouettes et des rivages gris. Elle devait les reproduire de mémoire sur des accès de nostalgie : le jardin du Luxembourg sur lequel s'ouvrait la fenêtre de sa chambre sous les toits ne lui offrait aucun de ces modèles, évidemment puisés dans les paysages marins de son enfance.

En quelques traits au crayon ou au pastel, qu'il disait inspirés de l'estampe japonaise, elle adressait à André des ciels et des plages d'Arcachon, que des oiseaux incolores traversaient de leurs battements d'ailes.

— C'est ravissant, murmura-t-elle, prise au dépourvu.

D'un style ascétique, qui s'accordait bien avec la silhouette de la jeune fille, ces dessins sans couleurs, sévères et nus, elle les trouvait plutôt inquiétants. Leurs tons éteints évoquaient le deuil. C'étaient des gris mauve ou bleuté, sur une dominante de blanc. Parfois un trait noir, plus appuyé, déchirait la feuille qui ne cédait la place à aucune autre couleur. Il n'y avait pas de trace de ces roses bonbon, fuchsia ou framboise que l'adolescente aimait porter sur elle, comme son parfum de fraise. Elle peignait un monde pour des yeux de vieillards, décoloré et triste.

— De l'art abstrait, ajouta Sarah en guise de compliment.

Elle venait de trouver à ces deux dessins, jaillis d'une imagination mélancolique, une parenté avec les toiles de Spilliaert, l'artiste belge. La comparaison lui parut plus juste que le rapprochement avec l'art japonais, mais elle évita d'en faire part à André. Ce spécialiste des ciels et de la mer délavés du Nord atteignait en effet les sommets du lugubre. A quelques générations près, Agathe aurait pu être son élève. Ses paysages au fusain ou à l'aquarelle plombaient le cœur. Représentant les docks ou le chenal d'Ostende et les plages des Flandres, ils n'étaient pas étrangers à cet univers pareillement dilué d'eaux du Bassin d'Arcachon, dont la grisaille était aux yeux d'Agathe une vision uniformément sombre. Un même défi aux gens heureux.

André tournait et retournait entre ses mains les deux papiers Canson (un ciel, un rivage) avec la même délicatesse que s'ils avaient été des Spilliaert en effet, ou des Picasso. Il ne tarissait pas d'éloges.

— Où a-t-elle appris ça ? Elle est douée, cette enfant. Et tellement courageuse. Je suis heureux qu'elle se soit mise à peindre !

Son enthousiasme le transformait – il était soudain naïf et juvénile. Sous le charme de sa lointaine petite fée.

Sarah le comprit alors : le pouvoir d'Agathe Maréchal était bien plus grand que le sien. Ses dons dépassaient les limites de la peinture ou du dessin. Elle exerçait sur André, malgré la distance, une autorité d'amante. Elle ne se laissait pas oublier ; en se rappelant à l'homme qu'elle aimait, elle gardait sur lui son emprise. Le résultat de ce courrier ne se fit pas attendre : André annonça à Sarah qu'il allait lui aussi partir. Ses étudiants l'attendaient à Moscou ; le trimestre prochain, il s'était engagé à le passer au campus de Berkeley, pour une session d'été. Il voulait transiter par Paris, afin de voir Agathe. Ils iraient dans des musées, dans des galeries ; il avait hâte d'encourager ses talents naissants. Il fallait qu'il lui communique son enthousiasme – cet amour de la vie dont on manque à vingt ans.

Sur un coin du second tableau (le rivage), une forme mince s'étirait, telle une empreinte. Une simple trace. Un incertain rappel d'apparence humaine. C'était peut-être un corps, un corps horizontal. Un corps abandonné.

Il ne sautait pas aux yeux. Il fallait observer attentivement le dessin pour le remarquer en bas, à gauche, non loin des vagues ou des esquisses de vagues qui venaient le frôler. Au départ, Sarah avait cru à une tache de crayon gras. Puis, elle l'avait fait remarquer à André :

— On dirait un corps échoué.

Il s'était alors rembruni. Visage fermé. Chute immédiate de la température. Une paroi de glace venait de tomber entre elle et lui. Il regarda une dernière fois le dessin puis le rangea sans commentaires dans l'enveloppe doublée de papier bulle.

Sarah en fut désolée. Quelle sottise avait-elle dite ? André avait-il pris son observation pour une critique ? Elle s'était sentie fautive, comme une élève trop moyenne qui ne peut rien comprendre au génie. Mais sa faute devait être grave, pour mériter une pareille sanction.

Dans quelques jours, elle allait perdre André. Contrairement à Agathe, qui tenait autant de la sorcière que de la fée ses dons d'ensorceleuse, elle ne savait pas retenir les êtres qu'elle aimait.

Sur la console en bois doré de l'entrée, l'enveloppe que Bernard Maréchal lui avait remise la veille de son départ traînait depuis lors. Sarah, qui se serait précipitée pour en découvrir le contenu, au début de son séjour, quand la lubie d'annunzienne la taraudait, ne pouvait pas ignorer plus longtemps un cadeau d'adieu, même si ses préoccupations immédiates la détachaient du sujet. Elle venait de raccompagner André jusqu'à la porte ; l'aube ne s'était pas encore levée, le paysage extérieur appartenait encore à la nuit. Le gong du portail résonna dans le grand hall glacé avant qu'elle ne se retrouve seule, pieds nus sur le marbre noir, l'âme aussi triste que dans un caveau. Elle se sentait injustement abandonnée.

L'enveloppe, elle aussi abandonnée, lui offrit une diversion. Elle l'emporta dans sa chambre et se nicha dans les draps encore chauds pour l'ouvrir. Bernard Maréchal lui envoyait une longue lettre en plusieurs feuillets. Il s'excusait de l'avoir tapée à la machine :

son écriture d'ancien étudiant en pharmacie s'était dégradée avec les années jusqu'à devenir illisible. Or, lui disait-il, il avait beaucoup de choses à lui raconter : un vrai roman ! Il avait en effet retrouvé le document qui manquait à ses archives, à la rubrique de la villa qu'elle occupait. Il l'avait cru volé, subtilisé par la jeune Italienne venue dénouer à Arcachon l'histoire aventureuse et tragique de son ancêtre. Il l'avait retrouvé, classé à la lettre P. – comme Pozzo di Borgo.

Teresa était bien italienne. Originaire de Florence, elle vivait séparée de son mari – le prince Pozzo di Borgo –, qui se remarierait après sa mort. Souffrant déjà de tuberculose, elle se soignait sur les rives du lac de Côme et passait de longs mois dans ce palace fameux où un mystérieux romancier situerait plus tard l'action de *Madame Rosario*. Le climat, qu'on prisait à l'époque pour sa douceur, n'avait pu qu'accélérer son mal et dégrader sa santé : sur ce point, Maréchal était formel. Les lacs suisses ne valent rien aux tuberculeux.

La jeune fille au nom flatteur, qui tentait de reconstituer l'histoire de cette princesse oubliée sur l'arbre de famille, descendait d'un second mariage – Teresa n'avait pas pu donner d'enfant au prince Pozzo di Borgo. Mais sa préséance sur son arrière-grand-mère dans le grand lit matrimonial l'intriguait – Maréchal, toujours avide de précisions maniaques, notait au passage qu'on appelle ainsi en Italie la couche conjugale ; le King size bed des Américains. La jeune fille se prétendait sous influence : elle subissait les ondes quotidiennes du clair regard de Teresa. Car elle connaissait son regard : le portrait de Teresa n'avait jamais quitté le château des Pozzo di Borgo. On l'avait remisé dans une petite chambre, devenue celle de la dynamique étudiante, amoureuse du temps passé, qui le contemplait chaque jour, lisait, s'habillait, rêvait et s'endormait sous sa garde. Il aurait pu y rester oublié, serti dans son cadre d'or, à jamais indifférent à tous ceux qui se contenteraient d'observer la pâle beauté viscontienne et les yeux d'aigue-marine du modèle : une très jeune femme, qui ne pourrait jamais vieillir. L'étudiante adorait ce portrait. Elle n'avait eu de cesse de percer son lourd silence.

Sa mère, sa grand-mère et ses tantes, interrogées successivement, avaient refusé de lui répondre ou éludé ses questions, en prétextant ignorer le destin de cette princesse éphémère, qui pourtant avait porté le nom à leur égal. Elle avait jugé exaspérante et commune cette jalousie de femmes et décidé de poursuivre son enquête en dehors du cercle familial. C'est ainsi qu'elle avait débarqué un jour, venant du lac de Côme, à Arcachon. Bernard Maréchal lui avait apporté son aide. Ensemble, ils avaient reconstitué la vie de l'exilée que les Pozzo di Borgo préféraient gommer de leur généalogie – à quoi bon se souvenir d'une femme qui n'a pas procréé ? avait déclaré, méprisante, une grand-tante de l'étudiante, qui ne croyait qu'au ventre fertile des femmes et à la pérennité des grands noms. Teresa aurait pu disparaître sans laisser de trace, si elle n'avait pas rencontré un jour le baron Horus et changé diamétralement d'horizon.

Leurs routes s'étaient croisées dans le palace où la princesse, dont la maladie s'aggravait, revenait chercher des forces et profiter du luxe que lui autorisait encore la fortune des Pozzo di Borgo. Il s'était épris d'elle – leur rencontre se situait dans les années 1880. Iffla Horus, Egyptien en effet, fréquentait les endroits huppés. En homme d'affaires avisé que les meilleurs contrats dépendent d'un réseau de relations haut placées, on le voyait dans toutes les villégiatures où les gens riches aiment à se retrouver – les lacs suisses et la Riviera, quand Paris, Rome ou Londres se vident l'été de leurs banquiers et de leurs femmes du monde.

L'idée de construire la villa d'Arcachon, à laquelle il donnerait le nom de sa maîtresse, était peut-être (selon Maréchal) son premier geste désintéressé. Une onéreuse preuve d'amour. Il devait consacrer une part non négligeable de sa fortune à tenter de sauver la princesse ou de lui rendre plus légère l'épreuve de la phtisie. Il conçut la villa comme un palais des Mille et Une Nuits en choisissant chaque objet pour la séduire. Maréchal écrivait qu'il voulait lui ôter des yeux « son ineffable tristesse », expression que Sarah trouva ampoulée et bizarrement poétique venant de Maréchal. Il l'avait habituée à un style d'une rigueur plus froide. En lui parlant de Teresa, il devenait sentimental. Il s'apitoyait. Il est vrai qu'il avait vu ses yeux lui aussi – ses yeux tristes – sur la reproduction du portrait de la princesse, que l'étudiante italienne lui avait apportée. Surpris en flagrant délit de faute professionnelle, l'excellent bibliophile-archiviste avait toutefois négligé d'en conserver un tirage. Le dossier Teresa – à moins qu'il ne retrouve l'adresse perdue de l'étudiante et ne lui écrive pour lui demander une copie – resterait à jamais incomplet. Le visage de Teresa manquait.

Dans la deuxième partie, moins romanesque, de sa longue lettre, Maréchal retrouvait sa plume d'apothicaire. Il décrivit d'abord, sans en oublier aucun, les symptômes de la tuberculose, dont la fièvre et la toux sont les mieux connus. Mais l'amaigrissement, le flétrissement des chairs, la desquamation de la peau qui se couvre de plaques sèches orchestraient un véritable martyre. Quant aux hémorragies, appelées hémoptysies, il disait qu'elles abandonnaient le malade dans un état de fatigue impossible à dominer. Le phtisique devenait incapable d'assumer une vie normale. Bientôt il ne pouvait plus s'éloigner de chez lui ; du lit à la chaise longue, qu'on roulait jusqu'au balcon, il vivait dans ses murs.

Le diagnostic s'aggravait, quand le phtisique était une femme : « Presque toutes les femmes atteintes de phtisie étaient dégoûtées d'elles-mêmes, écrivait Maréchal. Les plus belles étaient les plus vulnérables. »

La maladie, qui enflamme les sens et porte à l'amour, détruisait celui-ci à petit feu. Les amants n'avaient plus le cœur d'étreindre ni de caresser des corps où se dessinait le squelette, dont la peau ternissait et pelait, dont les formes perdaient peu à peu fraîcheur et volupté. Les femmes phtisiques étaient vouées à déchoir. « Comment accepter d'enlaidir ?, écrivait Maréchal. Comment se résigner à ne plus séduire ? » Damnées et innocentes, elles finissaient par perdre leur compagnon. Mari ou amant, qu'importe ?, l'homme, si épris fût-il, se détachait du spectacle insupportable d'un corps abîmé, supplicié, humilié. L'éloignement et la solitude étaient les seules primes à attendre pour tant de souffrances. Maréchal y voyait une étape aussi inévitable et cruelle que l'ultime dénouement. Une fatalité. Les hommes allaient chercher ailleurs de plus robustes maîtresses.

La troisième partie de la lettre avait la brièveté d'un constat.

« Désespérée, honteuse, Teresa mit un terme à son lent supplice par un moyen à sa portée – elle s'ouvrit les veines. Elle avait trente-deux ans. Sa tombe se trouve dans le cimetière de la Ville d'Hiver, sous un mausolée blanc. C'est alors qu'Horus – Horus, le fidèle – vendit la maison avec meubles et objets d'art. Lorsque les nouveaux propriétaires pénétrèrent dans la villa, les miroirs étaient drapés de voiles noirs, sur la dernière exigence de la princesse. Quant à Horus, il repartit pour l'Orient où l'attendait une famille légitime – la Compagnie du Midi a enregistré son départ. »

Il y avait un post-scriptum :

« Le titre de baron est probablement usurpé : un embellissement d'état civil. Les meilleurs généalogistes ne connaissent aucune baronnie au pays des pharaons. »

Jointe à la lettre : la photocopie du document que Sarah avait pu lire chez Maréchal, rappelant les dates de construction et d'achat de la villa ainsi que les noms des architectes et propriétaires successifs.

La princesse Pozzo rejoignait ainsi les autres morts de la villa, ceux de la bibliothèque, D'Annunzio et ses créatures douées de certificats d'immortalité, mais aussi Rupert Brooke et la jeune fille accidentée un soir d'été, l'apprentie cantatrice, qui chantait Aïda devant son miroir. La maison était un cimetière comme toutes les vieilles maisons. Victime de la maladie de son siècle, Teresa ne lui léguait pas seulement son nom, inscrit au fronton, elle en pailletait l'air. Elle lui communiquait son parfum – un sillage indéfinissable et très féminin s'était imprimé comme un sceau dans les murs, dans les pierres, dans tout ce marbre noir, funeste et froid.

Sous le signe de l'eau… songeait Sarah.

Par la proximité de l'océan, pourtant invisible de ces hauteurs ; par les nuages et les brumes, et si souvent la pluie ; par les couleurs diluées d'aquarelle ; par l'air lui-même imbibé d'humidités marines, saturé d'odeurs d'algues et de varech, la Ville était d'Eau autant que d'Hiver.

Les personnalités nées sous ce signe, en n'importe quel site de la planète, possèdent cette même qualité : insaisissables, aussi sensibles et changeantes que les fonds, que les vagues.

Sarah, née l'été sous un signe de Feu, était la moins portée à comprendre leur nature, toute à l'opposé de la sienne. Solaire, ce qui n'exclut nullement la part de l'ombre, attirée d'instinct par ce qui brille et réchauffe, attise et allume, elle se laissait aisément fasciner par son contraire. Elle ne pourrait trouver le bonheur, si un jour cela lui était accordé, qu'en plein été, quand le soleil est le maître du monde. Mais de même que la Ville d'Hiver, avec ses lueurs bleutées et ses paysages mouillés, lui inspirait des rêves et des retours sur soi, elle ne s'intéressait plus qu'à cette femme où elle reconnaissait son opposé absolu : Eva.

D'eau entièrement, lunatique et souterraine, Eva avait exercé un mystérieux pouvoir sur les hommes : non seulement elle les charmait, mais elle les retenait. Ils ne pouvaient plus se libérer d'elle. Au point de lui vouer un amour posthume, aussi brûlant que le vivant. Sa mort n'avait pas relâché son emprise. Elle n'en finissait pas de régner sur leurs cœurs, de gouverner leurs vies.

Eva était partout, depuis qu'elle avait rencontré André. Elle s'attachait à leurs pas, à leurs nuits, à leurs jours. Elle flottait autour d'eux avec persistance, telle une vague caressante et mauvaise. Elle ne les laissait jamais seuls. Elle les empêchait de vivre… Sarah essayait de s'en défendre, mais cette présence d'Eva la gênait et la révoltait. Eva, elle le comprenait, lui interdisait d'être heureuse dans les bras de l'homme qu'elle avait aimé et qui l'aimait probablement toujours.

Eva, l'aquatique.

Pour Astrid, c'était un oiseau de mer – une aigrette blanche, émigrée des pays froids. Pour Sarah, elle prenait des allures de monstre : c'était une créature des abysses. Une sirène, dont les yeux verts brillaient parfois la nuit, en plein cœur de la chambre qu'André, sur une impulsion subite, venait de déserter.

Comparée à cette créature mythologique, ses propres capacités ne paraissaient que trop humaines. Comment aurait-elle pu l'affronter ? André poursuivait un voyage à sa recherche. Voyage sans retour autour d'une lagune, où les fonds sont marécageux et les sables mouvants.

L'eau pouvait être plus forte que le soleil.

Pernicieuse, sournoise, ses ravages quand elle inonde la plaine, les mas et les villages, valent ceux que provoquent les plus grands incendies de maquis ou de forêts. Ils sont souvent plus longs et difficiles à réparer. Le feu régénère, la plupart du temps. Les maquis, les forêts finissent par renaître, plus vigoureux qu'avant. Tandis que l'eau pourrit tout ce qu'elle touche. Elle livre aux champignons, à la vermine, le soin de prolonger ses dévastations.

Dans la Ville d'Hiver, Eva pourrissait les amours de Sarah.

Agathe ?... Sarah en était aussi jalouse. Car, sous l'ombre de la mère, elle était le souci constant d'André.

De mère à fille, une même âme. Une même sensibilité. Agathe portait au front le signe d'eau génétique.

Eau juvénile.

Mais eau dure.

Loin d'elle, personne n'avait le droit d'être heureux.

— Si je vais à Paris c'est pour elle, lui avait confié André.

Il pensait que Maréchal – un parfait honnête homme par ailleurs – ne se montrait pas à la hauteur de cette créature d'exception : l'enfant d'une femme russe. Il était trop rationnel, trop logique, en un mot trop français.

Lui-même s'était attribué des devoirs à son égard, comme s'il était responsable d'un équilibre impossible à trouver entre les deux pôles du bonheur et du malheur. Son rôle surpassait celui de son père véritable mais aussi celui de ce père de substitution qu'est en principe un parrain. Pierre Rémond n'avait pas seulement tenu Agathe sur les fonts baptismaux, il était devenu son subrogé tuteur. A la mort de Maréchal, c'est à lui que reviendrait le soin de veiller sur l'adolescente jusqu'à sa majorité. Maréchal avait réglé le sort de sa fille par testament.

André agissait de son propre gré et même de son propre chef. Sans qu'on l'en ait prié, sans qu'on le lui ait commandé ou conseillé, il avait pris l'initiative de la protéger. Inexistant aux yeux du Droit, son influence était considérable. Guide ou ange gardien, Sarah avait conscience qu'il était peut-être plus encore. L'amour primait la Loi. Il aurait fallu être aveugle et sourd pour l'ignorer : si la jeune fille adorait le meilleur ami russe de sa mère et lui portait une passion de femme, enflammée et jalouse, André aimait Agathe d'un amour paternel. Un instant, Sarah s'était même posé la question : « Agathe ?... Ne serait-elle pas ?... », mais elle n'était pas allée au bout de son interrogation. De crainte de briser un ordre privé ou de rompre le fragile équilibre qui liait ces deux êtres, loin d'elle ou pardessus sa tête, elle n'avait pas tenté de les rejoindre dans leur sphère. A quoi bon une vaine curiosité ? L'essentiel était pour elle ce sentiment de rejet qu'elle éprouvait : l'amour d'Agathe pour André et celui d'André pour Agathe l'excluaient.

Quant à Eva, à laquelle Sarah attribuait sans conteste la responsabilité de ce désastre, André ne devait l'évoquer qu'une seule fois devant elle. Pour mieux parler d'Agathe, justement, à laquelle il trouvait tant de ressemblance avec sa mère, il lui avait dit :

— Elle était trop fragile pour être une mère. Trop fragile même pour vivre.

Il lui avoua qu'il se trouvait à Moscou, ce 4 octobre, quand la nouvelle de sa mort lui était parvenue. Là encore, Sarah, par discrétion ou par crainte de provoquer elle ne savait quel scandale, s'était tue. La domination d'Eva la privait de son courage.

C'est Astrid Demasson qui, le tout dernier soir, avait repris le récit là où André avait laissé tomber sa voix. Car il avait changé de sujet de lui-même, la veille, en préférant fuir l'affrontement trop cruel du passé.

Eva était malade, Sarah ne l'ignorait pas.

— Son dos, ses bras, ses vertèbres parlaient pour elle… Je crois, disait Astrid, qu'Eva était malade du mauvais choix qu'elle avait fait ; ce mauvais choix contrariait si fort son être qu'elle en était cassée. Vrillée et ravagée.

André, qui avait à peu près le même âge, elle le connaissait depuis l'enfance. Leurs familles étaient unies. Ils s'étaient perdus de vue pendant leurs années de lycée, puis s'étaient retrouvés à Moscou, sur le chemin de l'Université. Eva étudiait le français. Elle voulait devenir interprète pour voir Paris un jour. Ce rêve-là au moins s'était réalisé.

— La France c'était son Pays de Cocagne. Sa planète enchantée.

Astrid tenait directement d'Eva cette vérité : André était tombé amoureux d'elle ; ils avaient fait l'amour comme deux fiancés. Ces fiançailles, Eva en était fière comme d'un exploit. Qui s'aime comme deux fiancés aujourd'hui ? avait-elle lancé à Astrid d'un air de défi. Sans doute sous-entendait-elle par là l'innocence et la force, l'inéluctabilité d'un amour, qui les avait rapprochés et unis. Tout juste avant de partir pour la France où leurs destins se dénoueraient, ils s'étaient promis l'un à l'autre. Mais Eva rêvait d'une vie plus luxueuse et généreuse que celle qu'André pouvait lui offrir en Russie. Quand elle disait à

André qu'elle l'aimait, elle ne mentait pas. Mais aucune promesse ne pouvait la lier.

— C'était un être qu'on ne ligote pas, dit Astrid. Elle s'envolait, aussitôt la parole donnée. C'était un être aérien, parfaitement volatile.

Quand Maréchal lui avait demandé de l'épouser, elle avait à peine réfléchi ; il lui offrait le confort et la sécurité, en somme une vie de princesse. Elle avait cru saisir sa chance. Elle avait dit oui sans penser aux conséquences traumatisantes de son choix : la coupure définitive avec André et avec la Russie. S'il ouvrait un horizon, le oui en fermait un autre, profond et vaste, dont elle méconnaissait le prix.

— Elle ne devait pas résister à la dureté de l'exil, dit Astrid.

Son pays lui manqua d'abord. Eva souffrit d'être apatride. Mais cette souffrance en rejoignit vite une autre, à l'identique : c'était une souffrance amoureuse. En se séparant d'André, Eva avait perdu la passion et la jeunesse. Un amour partagé. Il était trop tard quand elle le comprit.

— Au fond, dit l'amie de sa voix chaleureuse, elle restait nostalgique de l'amour qu'elle avait elle-même anéanti.

Car elle n'avait tenu aucun compte des sentiments d'André, indifférente à la déchirure qu'elle lui imposait comme au pacte qu'elle brisait. Ni davantage du cœur de Maréchal – car l'homme avait un cœur, Astrid pouvait l'affirmer. Il avait été aussi malheureux, dans son genre que le fiancé russe ; tout en affichant des airs stoïques, il était profondément meurtri, il était également ravagé. Par son oui, Eva avait saccagé, selon Astrid, trois vies à la fois. Et peut-être quatre, en comptant Agathe.

Mais Astrid l'excusait. Eva n'était jamais tout entière dans les choix qu'elle faisait. Un peu ici, un peu là, passionnément ailleurs, elle était aussi incapable de se donner que de se refuser. Elle restait inatteignable en son for intérieur.

Triste et distante, avec des manières royales et des airs de glace, elle n'attirait pas la sympathie. Mais elle était restée une petite fille fragile – ce qu'André V. comme Bernard Maréchal avaient parfaitement compris. Sa fille avait hérité de sa beauté en brune, mais hélas aussi de son mal de vivre et de son esprit compliqué.

Astrid espérait qu'Agathe serait plus forte qu'Eva. L'influence paternelle, qui sait ?

— Pour moi, murmura-t-elle à voix plus basse, je ne saurais dire de qui Agathe tient son caractère bien trempé. Il y a en elle malgré son lunatisme une volonté de fer, dont sa mère était dépourvue. Elle sait, elle, où aller et gare à qui lui barre la route !

La détresse d'Eva était aux yeux d'Astrid la seule chose qu'on ne pouvait pas lui envier.

— Ce 4 octobre, elle était seule chez elle. André était à Moscou, Bernard à Paris. La nurse promenait Agathe après la sieste. Et moi j'avais un rapport à écrire. Le ciel uniforme et bleu, la mer toute lisse : je m'en souviens comme si c'était hier... On n'oublie pas les jours de malheur. Un paysage d'avant la tempête, calme et rassurant.

Eva, retenue alitée par une de ses crises de rhumatisme aigu ou de pseudo-rhumatisme, avait refusé de suivre Bernard à Paris. Pourtant ce jour-là, sur un désir soudain, comme si la maladie en lui accordant un bref répit avait comploté sa perte avec le ciel et la mer, elle s'est levée. A Larros, elle voulait voir son bateau. Fidèle au poste depuis le premier jour, le vieux pêcheur l'attendait. Eva lui a dit qu'elle resterait à quai ; elle préférait qu'il la laisse seule. L'*Eva* ne prendrait pas la mer. Le vieux est parti. Habitué à ses caprices d'enfant gâtée, payé pour jouer les pères Noël en second, il aurait pu la détester. Mais il l'adorait – je l'ai vu pleurer quand on a ramené son corps. Il savait qu'elle venait soigner sa solitude et sa mélancolie sur ce rafiot repeint dans des couleurs naïves. Il lui a donc obéi et il l'a laissée. Nous l'avons tous laissée...

Vers cinq heures, quand il faut rentrer au port, elle a levé l'ancre. Elle ne savait pas du tout naviguer. L'*Eva* a suivi les courants. Il a dérivé, alors que le vent se levait et que la mer changeait. Le Bassin est instable, tous les marins d'ici te le diront. C'est le plus dangereux des plans d'eau. Il y a eu ce jour-là une tempête brève. Un de ces coups de vent imprévisibles et meurtriers qui peuvent en quelques minutes défigurer le rivage, emporter les ponts, la jetée, les barques solidement amarrées et les cabanes « tchanquées ».

Les vagues ont rejeté le bateau sur la plage du Moulleau. On a retrouvé son corps le lendemain. Eva était nue, échouée au large, sur l'île aux Oiseaux.

Avait-elle voulu mourir ?

Levé l'ancre pour ne jamais revenir ?

Ou était-elle victime d'un coup du sort sous couvert de ce coup de vent, capricieux et brutal ?

Il n'y avait pas de réponse. Aucun de ceux qui l'aimaient ne connaîtrait les circonstances ni les raisons exactes de sa mort. Eva s'était noyée : c'était leur seule certitude.

Pour Sarah, une autre question s'ajoutait aux précédentes : pourquoi était-elle nue sur l'île aux Oiseaux ?

Qui l'avait déshabillée ? Etait-ce la mer, les vagues ? Ou bien elle, pour exposer son corps lisse aux éléments ?

— Au moins ne vieillira-t-elle pas. Elle me disait souvent, trop souvent, qu'elle trouvait ça laid de vieillir… ajouta Astrid.

Sarah ne devait jamais revoir les protagonistes de cette histoire. Le lendemain du départ d'André pour Paris, elle fit ses bagages et ferma la maison. Elle n'y reviendrait pas.

Dehors, sous un ciel sans nuages, la Ville d'Hiver se chauffait aux rayons d'un soleil printanier qui jouait sur les pierres et les tuiles des toits. Une température plus douce annonçait le réveil de la belle saison. Dans les jardins, les arbres bourgeonnaient ; les fleurs auraient bientôt des pétales. Les maisons paraissaient moins grises.

Des familles entières arriveraient à Pâques pour préparer l'été. On ouvrirait tous les volets ; la lumière entrerait à flots dans les pièces rendues au grand air et à la fraîcheur. On en chasserait l'odeur de renfermé, la poussière, les araignées. On nettoierait les parcs de leurs herbes folles ; les oasis se civiliseraient.

Des cris d'enfants, des moteurs de voitures rapporteraient sur ces hauteurs désertes le bruit, le mouvement : la vie.

A l'heure du déjeuner, on verrait se déployer des parasols blancs : inutiles sous l'ombre des pins, ils auraient la prétention de concurrencer leur ramure. Indispensables dans la panoplie des vacances avec les bouées, les matelas pneumatiques et les nattes en osier, sans eux l'été ne serait pas l'été.

Dans cette agitation heureuse, les fantômes n'auraient plus leur place. Ils se rendormiraient. Plus personne ne les entendrait dans les craquements des parquets ou des poutres, dans les gémissements d'une bibliothèque ou les clignotements d'une ampoule électrique qui ne se décide pas à s'éteindre ou à s'allumer.

Des enfants, de ceux qui n'aiment pas jouer, liraient des romans écrits exprès pour eux, des albums d'images, des bandes dessinées. Les adultes, les jours de pluie qui sont si nombreux ici, iraient puiser dans les trésors accumulés par des générations de lecteurs éclectiques – pourquoi pas D'Annunzio, entre Alberto Moravia et Mary Higgins Clark ?

Sarah laissait les livres derrière elle. Et les

fantômes aussi. Elle emportait son passé : mais son séjour le lui rendait moins lourd.

Dans la Ville d'Hiver demeurait un parfum. Fugace et volatile, mais également voluptueux, enveloppant, c'était un mélange d'embruns et de fleurs des tropiques. Un parfum d'amour qu'elle emportait aussi.

Achevé d'imprimer sur les presses de

BUSSIÈRE

GROUPE CPI

à Saint-Amand-Montrond (Cher)
en avril 2005
pour le compte des Éditions Grasset,
61, rue des Saints-Pères, 75006 Paris.

Mise en pages : Bussière

N° d'édition : 13772. — N° d'impression : 50740-051788/4.
Dépôt légal : avril 2005.

Imprimé en France

ISBN 2-246-63371-0